Lopes dos Santos

NA MIRA DO VAMPIRO

Série Vaga-Lume

editora ática

Na mira do vampiro
© Lopes dos Santos, 1990

Diretor editorial	Fernando Paixão
Editora assistente	Carmen Lucia Campos
Preparadora	Denise Azevedo de Faria
Coordenadora de revisão	Ivany Picasso Batista
Revisoras	Luciene Lima, Rita Costa
ARTE	
Editor	Marcos de Sant'Anna
Diagramador	Fernando Monteiro
Ilustrador	Fábio André
Coordenadora de composição	Neide Hiromi Toyota
Arte-final	Antonio U. Domiencio Fukuko Saito

CIP-BRASIL. CATALOGAÇÃO NA FONTE
SINDICATO NACIONAL DOS EDITORES DE LIVROS, RJ

S236m
10.ed.

Santos, Lopes dos, 1961-
Na mira do vampiro / Lopes do Santos ; ilustrações
Fábio André – 10.ed. – São Paulo : Ática, 2008.
120p. : il. - (Vaga-Lume)

Contém suplemento de leitura
ISBN 978-85-08-03690-5

1. Literatura infantojuvenil. 2. História de terror 3. Vampiros.
I. André, Fábio II. Título. III. Série.

07-3294. CDD 028.5
CDU 087.5

ISBN 978 85 08 03690-5 (aluno)
CL: 731799
CAE:227861

2023
10ª edição
27ª impressão
Impressão e acabamento: Vox Gráfica

Avenida das Nações Unidas, 7221 – CEP 05425-902 – São Paulo, SP
Atendimento ao cliente: 4003-3061 – atendimento@aticascipione.com.br
www.coletivoleitor.com.br

UM VAMPIRO E MUITA DIVERSÃO

Quem não gosta de histórias de terror? Elas sempre fizeram muito sucesso na literatura e no cinema. Das criaturas sobrenaturais que nos assustam e fascinam há muito tempo, uma tem a franca preferência do público: o vampiro – um morto-vivo que se alimenta de sangue fresco.

E é justamente de vampiros que fala este romance incrível. Nele, Duda convence seu amigo Toninho a participar de uma investigação arriscada: descobrir tudo sobre um vampiro que está à solta na cidade do Rio de Janeiro. Já pensou? A coragem de um deles, mais o bom senso do outro, serão suficientes para garantir o sucesso da missão?

Descubra a resposta mergulhando nesta história que não é só mistério e suspense: há muitas situações engraçadas que tornam a leitura uma delícia. Agora, faça como Duda e Toninho, pegue uma coroa de alhos, um crucifixo e uma estaca de madeira... e boa sorte.

CONHECENDO **LOPES DOS SANTOS**

Acervo pessoal

Cláudio José Lopes dos Santos nasceu em 2 de novembro de 1961, no Rio de Janeiro. Começou a escrever aos 22 anos, depois de ter feito uma rápida carreira teatral. Foi colaborador da revista humorística **Mad** ***e é autor de peças para teatro, roteiros de cinema, poemas e contos, ainda inéditos. Mas, como ele próprio diz, "esperem para ver!".***

SUMÁRIO

Lopes dos Santos

NA MIRA DO VAMPIRO

1

A VELHA MALUCA

— Anda, moleque!

— Calma, Duda, não dá mais! Não tá vendo que os galhos de cima são finos? — reclamava Toninho ao lado de Duda.

Postados num dos galhos da mangueira, tentavam alcançar as frutas mais acima.

Eram aproximadamente nove horas de uma bela manhã e os meninos haviam decidido trocar o hábito diário da pelada por um pouco de aventura.

— Olha, Toninho! Tá cheio de manga ali daquele lado, rapaz!

— Ô Duda, não vê que não dá pra subir naquele galho? A gente vai ter que descer pra tentar com uma vara de bambu.

Duda e Toninho encontravam-se na casa de dona Carmem, na rua do Cortiço, a uns três quarteirões da casa deles. Costumavam chamá-la de "velha maluca", embora ela não tivesse nada de louca.

— Quantas mangas a gente já pegou? — perguntou Duda na expectativa.

— Olha lá no chão. Tem uma porção caída — retrucou Toninho, indicando o local onde estavam as frutas esparramadas. — Não precisa pegar mais, nós já temos muitas — concluiu ele, taxativo.

— Vamos pegar algumas goiabas, então — sugeriu Duda.

— Vamos nessa...

Começaram a descer da mangueira.

A casa onde estavam era quase uma mansão, porém um pouco desgastada pelo tempo, com um diminuto jardim na frente e um imenso pomar nos fundos. Duda e Toninho estavam justamente na parte dos fundos, e, ainda que o pomar estivesse abandonado, isso não prejudicava o desenvolvimento das árvores. Frutificavam à vontade: além das mangueiras, alvo dos dois pequenos, goiabeiras, sapotizeiros, cajazeiras, abacateiros, entre outras.

— Vamos pegar também alguns abacates ali naquele pé. Tá cheio! — falou Duda em tom de ordem.

— E as goiabas? — lembrou Toninho.

— São mais fáceis de pegar, depois a gente volta pra elas.

Dito isso, os dois dirigiram-se aos abacateiros...

Kid Pulga, o vira-lata de estimação de Duda, como bom ajudante que era, ficara do lado de fora para alertá-los no caso de alguém se aproximar. Seu desempenho era perfeito: dormia profundamente. Várias pessoas circulavam pela calçada sem serem percebidas, e até mesmo uma atraente *poodle* que passava com sua dona deixou de ser notada pelo eficiente vigilante.

Kid Pulga era aproximadamente do tamanho de um pequinês, de focinho comprido, pelo branco com algumas manchas pretas dispostas pelo corpo e, o que mais chamava a atenção, manchas negras em volta dos olhos, como uma máscara.

Duda e Toninho já estavam no abacateiro, quer dizer, Toninho havia subido, enquanto Duda aguardava tranquilamente embaixo.

— Toninho, sacode aquele galho ali que tá cheio de abacate madurinho — voltava a ordenar Duda.

— E você vai ficar fazendo o que aí embaixo? — perguntou Toninho com certa indignação.

— Eu vou catar os que caírem — devolveu Duda, esboçando um sorriso debochado.

— Você é engraçado! Eu me arranho todo tentando subir na árvore e você só vai ter o trabalho de catar os abacates? Essa é boa! — chiou Toninho, enquanto ia se movendo por entre os galhos do abacateiro.

Toninho era um menino dos seus dez anos de idade, pouco mais de metro e meio de altura. Sua mãe, Neusa, era o braço direito de dona Amanda, a mãe de Duda. O garoto tinha braços e pernas bem treinados no serviço caseiro, e quando se tratava de escapar às confusões criadas por Duda, era ele quem tinha sempre um bom truque tirado da cartola. Não possuía a mesma criatividade de Duda, mas estava muito mais amadurecido para a vida que o amigo.

— Pare de reclamar, moleque! A parte que me cabe é a direção intelectual da operação — arrematou Duda, um pouco mais empolado que o normal. — Fica frio que você não entende nada de estratégia, tá?

Duda tinha a mesma idade de Toninho e era um pouco mais baixo que ele. Seus olhos castanhos demonstravam uma sapiência fora do comum. Tinha cabelos lisos, também castanhos, que a mãe exigia estivessem sempre muito bem cortados, e a pele era ligeiramente morena de sol.

O garoto adorava quadrinhos e histórias policiais, além de ser espectador assíduo de televisão. Tudo isso lhe dava material de sobra para alimentar sua poderosa imaginação, daí o hábito de falar difícil de vez em quando, coisa pouco comum na sua idade.

Determinado, usava de todos os artifícios para convencer as pessoas a ajudá-lo em seus "casos": desde chantagem emocional até os argumentos mais absurdos para justificar seus atos; acrescente-se a isso um talento fundamental para conquistar as pessoas, um carisma.

Toninho continuou a se movimentar pelos galhos do abacateiro sob os olhos atentos de Duda, que esperava pelas frutas na segurança do chão.

Enquanto isso, na surdina, a "velha maluca" os observava. Ela conhecia muito bem os dois ladrõezinhos...

Os primeiros abacates despencaram e Duda começou a recolhê-los.

— Vai segurando aí, Duda! — gritou Toninho.

Bastou ele sacudir novamente outro galho para mais abacates precipitarem-se sobre o amigo. O pé estava repleto.

— Caramba, Toninho! Tem abacate paca!

— Então vou descer — avisou o garoto, escorregando pela árvore.

— Tá legal — concordou Duda, admirando as frutas aos seus pés.

Toninho desceu com rapidez, indo direto à goiabeira ao lado sem esperar nova "ordem" de Duda.

Dona Carmem continuava a observá-los.

Corriam boatos pela vizinhança de que aquela mulher solitária havia sido muito rica, mas o interesse dos filhos em seu dinheiro, somado ao desprezo que lhe legaram após a herança, distribuída ainda em vida, fizeram com que ela caísse em profunda depressão, recusando mesmo os amigos mais chegados. Assim, ela demitiu todos os empregados e doou tudo o que lhe restara a instituições de caridade, passando a levar uma vida muito humilde.

Duda lembrava-se dessa história contada por sua avó.

Toninho, no alto da goiabeira, fazia chover goiabas sobre Duda, que ia catando todas as que podia.

— Caramba, Toninho! Acho que a gente não vai ter como levar todas essas frutas pra casa.

— A gente dá um jeito!

E continuava a despejar as goiabas, enlouquecido de alegria.

Duda, no mesmo estado de espírito, ia recolhendo tudo na medida do possível.

De repente, no meio da festa, a dona do pomar surgiu do nada e os surpreendeu...

2

A MALDIÇÃO

— Ai! — berrou Duda, surpreso. — Sujou, Toninho! É a velha!

Duda saiu correndo pelo pomar com dona Carmem atrás dele. Aos poucos ia se livrando das frutas que carregava.

— Seu ladrão! Eu vou te ensinar a não invadir a casa dos outros! — ameaçava dona Carmem.

Toninho, no alto da goiabeira, ficou imóvel, esperando passar despercebido. Mas depois, pensando que o companheiro pudesse estar em apuros, saltou da árvore e, como uma perereca, quicou no chão e emendou numa veloz corrida.

Dona Carmem, com uma agilidade fora do comum para a sua idade, tentava pegar Duda, que a driblava por entre as árvores.

— Vem cá, seu capeta! Eu te pego! — berrava ela de raiva.

Toninho passou pelos dois como um foguete, desviando a atenção da mulher para si.

Duda aproveitou-se da confusão provocada pela aparição repentina de Toninho e correu em direção ao portão da frente, seguido pelo amigo.

Dona Carmem insistia em persegui-los, atirando neles todas as frutas que ficaram pelo chão.

O tumulto foi suficiente para acordar o barão Kid von Pulga do seu sono matinal. Assim que avistou seus dois amigos sendo perseguidos, começou a latir, arrepiado.

— Rápido, Toninho, ela vai nos pegar!

Os dois escalaram o muro da frente da casa sob o fogo cerrado das frutas atiradas pela anciã, esquecendo-se até que o portão estava aberto, pois dessa maneira eles haviam entrado na casa. Na pressa, não se deram conta de terem feito o mais difícil.

Do lado de fora, na rua, ainda tiveram tempo de debochar de dona Carmem.

— Tchau, maluca! Amanhã a gente volta pra pegar as frutas — gritou Toninho, fazendo caretas.

— Tchau, sua velha cheia de teia de aranha! — reforçou Duda, no mesmo tom de deboche de Toninho.

Ela veio na direção dos dois, furiosa, e eles trataram de correr.

— Seus malcriados! Tomara que um espírito maligno castigue vocês! — praguejou dona Carmem.

Kid Pulga ficou para enfrentar a velha, latindo ameaçadoramente. Mas bastou ela lhe direcionar os "projéteis frutíferos" para que ele desistisse da gloriosa tarefa a que se propunha. Então, abandonando o campo de batalha, foi juntar-se aos amigos na retaguarda...

3

"MORTA COM DOIS FUROS NO PESCOÇO"

Duda e Toninho ainda correram alguns metros, parando defronte a uma outra casa velha, na mesma rua. Os dois estavam ofegantes. Sentaram-se no portão da tal casa um pouco tristes pela tentativa frustrada de levar algumas frutas para casa, poupando, assim, boa parte da feira da semana.

A mão direita segurando a cabeça, o cotovelo direito apoiado no joelho do mesmo lado: era o gesto final dos dois, que pareciam agora duas estátuas gêmeas.

— Caramba! — acordou Duda subitamente. — Esquecemos o Kid! — disse em pânico.

Contudo, antes que voltasse em disparada para a casa da "velha maluca", avistou Kid Pulga aproximando-se lentamente, com a língua pendurada. Ele não aguentara correr tanto quanto o dono.

Passado mais esse susto, Duda e Toninho voltaram a sentar, observados por Kid Pulga, que ainda tinha meio palmo de língua para fora.

Um silêncio absoluto tomou conta deles. Kid Pulga esparramou-se no chão para descansar.

Súbito, Toninho retirou do bolso do *short* uma baita goiaba amarelinha. Ofereceu-a a Duda, mas, quando este se preparava para abocanhá-la, Toninho desviou a trajetória dele, zombando:

— Essa não, xará! Essa é do papai aqui — disse ele, mordendo a fruta com gosto.

Duda levantou-se com raiva e uma pontinha de inveja, deixando Toninho sozinho para saborear a goiaba. Kid Pulga seguiu-o.

— Peraí, Duda, eu só estava brincando. Toma, dá uma mordida.

Duda não atendeu e continuou a andar. Toninho chamou por Kid, que parou e olhou para ele. Duda voltou-se, pegou-o no colo e desapareceu na esquina da avenida Fontenelle, transversal à rua do Cortiço e que também se comunicava com a rua dos Lírios, onde moravam os meninos.

Toninho foi atrás.

Emparelhou com o amigo e foram seguindo para casa sem se falar. Todavia, ao passarem por uma banca de jornal, onde havia um grupinho de pessoas lendo as manchetes dos principais jornais da cidade, Duda, curioso, decidiu parar para espiar também. Viu, em letras garrafais, a manchete de um jornal sensacionalista: "MORTA COM DOIS FUROS NO PESCOÇO". Abaixo, vinha a explicação: "Maria Aparecida Imaculada dos Santos foi encontrada morta, esta manhã, em sua casa no bairro de Fátima, centro do Rio, com dois furos no pescoço, sem hemorragia e com perda parcial de sangue..."

Duda parou de ler e olhou boquiaberto para Toninho, sem dizer nada.

O amigo, lendo também a manchete, retribuiu o espanto.

Kid não tirava os olhos da enorme goiaba, que ia sendo devorada aos poucos por Toninho.

Os dois garotos, impressionados, retomaram o caminho, mas, quando se preparavam para atravessar a rua Provinciana, que distava ainda cerca de um quarteirão da rua deles, depararam-se, do outro lado da avenida, com uma caminhonete funerária.

Fora da caminhonete, no chão, jazia um caixão fechado, aparentemente deixado ali com certa displicência. No local não havia ninguém.

Os dois pararam.

Toninho ainda estava de mal com Duda, porém, não se contendo mais, abriu o bico:

— Que é aquilo?

— É um caixão, moleque — retrucou Duda com os olhos brilhando de assombro. — Eu já vi um igualzinho num filme de Drácula, o vampiro mais famoso do mundo...

— Drácula?! — balbuciou Toninho.

Duda tapou a boca do amigo com a mão esquerda, pedindo silêncio, e completou abaixando a voz, como quem não quer ser ouvido:

— É, é aquele vampiro que suga o sangue das pessoas... Vai me dizer que você nunca viu um vampiro? — desafiou Duda.

— Quê? Ah, claro que já vi — respondeu ele sem muita convicção, observando a caminhonete funerária.

A essa altura a boa relação deles já estava restabelecida. As briguinhas eram comuns entre os dois.

Em vez de seguirem para casa, decidiram adiar a volta e ficaram esperando pelo dono do caixão.

Sentaram na porta de uma loja e aguardaram.

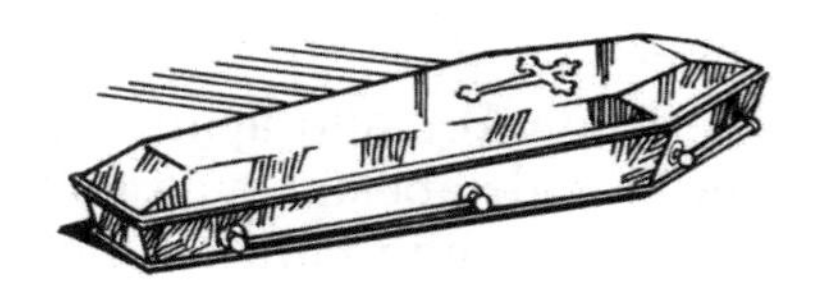

4

O CRIADO DO VAMPIRO

Poucos minutos depois, dois homens saíam da casa em frente da qual estava estacionada a caminhonete. O bairro de Duda e Toninho ainda conservava muitas casas de arquitetura antiga.

Um dos homens aparentava uns 50 anos, tinha um aspecto carrancudo e um rosto cadavérico. Trajava um velho terno preto. O outro, mais jovem uns vinte anos, era moreno e vestia um macacão surrado e desbotado.

Transportavam um caixão para dentro do bagageiro da caminhonete, e, pelo esforço, ele parecia estar bastante pesado.

Duda não deixou que esse incidente passasse em branco:

— Alá! Aqueles homens estão em atitude suspeita...

— Ué, Duda, não vejo nada de suspeito. Eles estão fazendo o trabalho deles, mané. Eles tão tirando outro caixão e levando pra casa de novo...

— Está vendo aquele velho todo de preto? — apontou Duda em direção à caminhonete.

— Tô. Que que tem?

— Ele é esquisitão...

— Não acho nada de esquisito nele, Duda — disse o garoto, com convicção.

— Você não vê pelo jeitão dele?

— Ver o quê? — indagou Toninho, sem captar o que o amigo tentava transmitir.

— Os criados dos vampiros são sempre assim: mal-encarados e misteriosos — concluiu Duda com certo suspense na voz.

Os dois homens entravam na casa novamente.

— Ah, é? Se você diz — concordou Toninho sem contestar.

— Um daqueles caixões deve ser o do mestre deles, os outros servem de disfarce...

— Será? — tornou Toninho aparentando interesse.

— Claro que é! Pode apostar uma goiaba — acrescentou Duda maliciosamente, olhando para o amigo.

— Está vendo aquele velho todo de preto?
— apontou Duda em direção à caminhonete. — Ele é esquisitão...

— Se você diz — voltou a concordar Toninho, observando a caminhonete.

— Repare que casa mais sinistra é aquela pra onde eles foram.

— Ah! Isso não, Duda — discordou o amigo com veemência. — Aqui no bairro tá cheio de casa assim.

— Devem estar preparando tudo para ressuscitar o mestre deles — continuou Duda, já envolvido pelo clima de suspense, sem dar atenção às palavras do amigo.

— Quem é o "mestre" deles, Duda? — quis saber Toninho, exagerando na pronúncia da palavra "mestre".

— O vampiro, moleque! — replicou Duda asperamente.

— Ah, tá. O vampiro, claro.

Os dois homens saíam novamente da casa sob o olhar atento e perscrutador de Duda.

Toninho fez uma pausa para refletir sobre o que se passava, então perguntou de novo:

— E como eles vão fazer isso?

— Fazer o quê? — perguntou Duda, concentrado na atividade dos dois homens.

— Ressuscitar o mestre deles — cochichou Toninho.

— Com uma "missa negra".

— Ué, e como é que se reza uma missa assim? Todo mundo vestido de preto? — retrucou Toninho com inocência.

— Não! — exclamou Duda, esquecendo seus suspeitos e encarando o amigo. — Não é nada disso, Toninho! "Missa negra" não é uma "missa preta"! É um ritual demoníaco, em que eles matam alguém, aí o sangue da vítima é despejado nas cinzas do vampiro, que o criado guardou. Com isso, o vampiro vai reencarnar...

— Reencarnar?

— É, Toninho, é a mesma coisa que ressuscitar.

Toninho não compreendia todas essas histórias de vampiros e coisas fantásticas tão bem quanto Duda e, apesar de lhe fazer companhia de vez em quando diante da televisão, não se deixava influenciar de maneira alguma pelo que assistia e tampouco encontrava tempo para dedicar-se à literatura juvenil ou aos quadrinhos como Duda fazia. Quando Toninho não estava estudando, estava ajudando a mãe em algum serviço doméstico.

— Puxa! É complicado, né?

— Ô Toninho, eu acho que você nunca viu filme de vampiro coisíssima nenhuma!

Implacável, Duda olhava com superioridade para Toninho.

— Claro que já vi, Duda! É aquele sujeito mau que chupa o sangue das pessoas e que tem dois dentes pontudos — retrucou Toninho.

Ele não gostava dessas coisas. Sua diversão era jogar bola, soltar pipa, coisas mais saudáveis, na sua opinião.

— E aí, depois de ser ressuscitado pelo servo, ele desperta todas as noites, transforma-se num morcego horripilante e ataca suas vítimas na calada da noite, sedento de sangue... — Duda deu um grito apavorante, e depois continuou: — ... principalmente as mulheres e as criancinhas — completou, sombrio, com o intuito de assustar o amigo.

— Puxa vida! Isso parece perigoso! Vamos embora daqui...

Duda caiu na risada com o impressionado Toninho, que já se preparava para sair correndo. Mas o garoto o impediu, segurando-o pelo braço.

— Calma, moleque! Eu só tava brincando. Além do mais, isso só acontece de noite, e não tá nem na hora do almoço.

Faltavam vinte minutos para as onze horas.

Mal disse a frase, os dois homens suspeitos terminaram de ajuntar os caixões dentro da caminhonete e preparavam-se para sair, quando Duda advertiu Toninho:

— Olha! Eles vão embora.

— E nós também, né, Kid? Eu já estou com fome.

— Não, senhor — disse Duda autoritário, pegando Kid no colo. — Olha, eles devem ter esquecido alguma coisa. O cara de macacão está saindo do carro de novo.

O homem bateu a porta do automóvel e voltou à casa. Segundos depois, reapareceu chamando pelo mais velho, o que usava um terno preto.

O velho saiu do carro, bateu a porta e foi ao encontro do outro.

— Olha, ele tá indo pra casa... — Duda descrevia a cena como se Toninho não estivesse acompanhando.

— É o que eu vou fazer também — afirmou Toninho, levantando-se e dando os primeiros passos.

— Negativo. Essa é a nossa oportunidade...

Dito isso, Duda atravessou a rua e foi em direção à caminhonete. Toninho, sem ouvir o amigo, seguiu em direção à rua dos Lírios, pensando estar sendo acompanhado. Parou quando percebeu que não era seguido, então, virando-se, viu Duda aproximar-se da caminhonete. De repente, gritou:

— Ei! Peraí! Que que você está fazendo?

— Vamos entrar no carro e descobrir para onde vão esses homens — disse Duda, baixinho, do outro lado da rua, por entre os carros que passavam.

— Quê?! — berrou Toninho sem entender uma palavra.

Duda esperou que os carros que transitavam pela avenida Fontenelle passassem para em seguida atravessar de volta.

— Nós temos que ir investigar para onde eles estão indo, Toninho.

— Tá louco! Eu não vou! Parece que bebe! — gritou Toninho.

— Então vamos nós, Kid — falou Duda fazendo-se de vítima, enquanto acariciava o cãozinho. — Deixa o medroso pra lá. Se alguma coisa acontecer com a gente, ele vai passar o resto da vida com a consciência pesada por não ter ajudado — chantageou, como lhe era peculiar. Depois atravessou a rua com Kid no colo.

Olhou em volta para saber se alguém o observava, então entrou na parte traseira da caminhonete, exatamente onde ficavam os caixões.

Toninho ficou observando.

Os dois homens saíram da casa. O mais jovem deles bateu a porta e passou a chave. O mais velho entrou no carro e sentou-se ao volante. Deu a partida...

O motor do velho Chevrolet engasgou. O velho tentou ligar o carro novamente, mas ele não pegou...

Toninho atravessou a rua correndo e pulou para dentro do bagageiro da caminhonete no mesmo instante em que o velho tentava pela terceira vez ligar o motor...

Desta feita conseguiu, e a caminhonete saiu sacolejando.

Olhando contrariado para Duda e Kid, que abanava o rabinho em saudação a ele, Toninho praguejou:

— Você só me mete em enrascada — chiou, visivelmente irritado, mas baixo, para não ser ouvido.

Dito isso, só teve tempo de notar o sorriso de satisfação que se desenhou no rosto de Duda. Em seguida, olhou para fora da caminhonete funerária e pôde ver que o bairro deles ia ficando cada vez mais distante.

5

UM CORPO QUE SOME

A caminhonete funerária parou defronte de um luxuoso edifício num bairro vizinho ao dos meninos.

Dentro do bagageiro, eles perceberam que não haviam rodado muito.

Ouviram o ruído da porta do carro abrindo.

"Caramba!", pensou Duda, gelado de medo. "O cara vem pra cá."

Toninho quis dar uma espiadela, mas foi impedido por Duda antes de colocar a cabeça para fora do bagageiro.

Duda fez um gesto avisando que um dos homens havia saído do carro e aproximava-se deles. Contudo, o sujeito afastou-se da caminhonete e foi ter com alguém.

Conversaram algo que os meninos não ouviram, mas puderam reconhecer a voz de um deles. Tratava-se do homem do terno preto, o criado do vampiro.

Duda olhava para Kid Pulga, que respondia abanando o rabinho. Seria o fim dos três se Kid resolvesse dar um daqueles latidos desafinados. Duda acariciava sua pequena cabeça justamente para evitar que isso acontecesse.

Toninho tremia de medo. Um ouvia a respiração do outro.

— Vem cá ver, o tamanho é perfeito — disse alguém aproximando-se da caminhonete.

Os garotos ouviram os passos que vinham na direção deles...

— E agora, Toninho? — murmurou Duda para o companheiro, em pânico.

Sem hesitar, Toninho abriu um dos caixões e, vendo que estava vazio, fechou-se nele. Duda o imitou, levando Kid Pulga consigo.

O criado do vampiro abriu a cortina que velava o interior do bagageiro, e a luz forte do sol invadiu o local onde ficavam os caixões.

— É aquele ali — apontou o criado do vampiro, com uma voz tenebrosa. — Vamos transportá-lo para cima?

O outro homem, ao seu lado, com uniforme de porteiro, fez que sim com a cabeça.

— Vem, Paco, vamos levá-lo.

Paco, o homem que usava o macacão surrado, saiu do carro e foi ao encontro dos outros dois, que o esperavam diante do bagageiro.

Paco subiu na caminhonete, pegou na ponta do caixão onde Toninho se escondera e empurrou-o um pouco, a fim de facilitar o trabalho do criado do vampiro. Este, da calçada, segurou na outra extremidade.

Levaram o caixão até a entrada do prédio, então o pousaram no chão, sem perceber o peso extra que carregavam.

O porteiro ligou pelo interfone para o apartamento 201 e falou:

— Doutor Kriegel, o pessoal já está aqui embaixo.

— Mande-os subir imediatamente — respondeu uma voz metálica, saída do aparelho.

O porteiro foi seguido pelos dois homens que transportavam o caixão; abriu a porta do elevador, permitindo que eles entrassem. Os dois subiram e o porteiro voltou para a frente do prédio.

Nesse meio-tempo, sentindo que o movimento serenara, Duda e Pulga saíram do caixão no qual estavam escondidos.

Duda olhou em volta, mas não viu o outro caixão, onde Toninho se metera. Abriu o que havia sobrado somente para se certificar de que o amigo não estava lá.

— Essa não, Kid! Levaram o Toninho! — gemeu ele, com os olhos esbugalhados. — Será que o criado do vampiro descobriu tudo e aí resolveu dar um sumiço nele? — perguntou-se, preocupado com o amigo.

Duda se aproximou da entrada do bagageiro e pôs um pedaço da cabeça para fora. Viu o porteiro sentado, lendo distraidamente seu jornal. Saltou para fora sem ser visto, com Kid Pulga no colo.

Sem perder tempo, escondeu-se atrás de um carro estacionado em cima da calçada, bem em frente ao prédio. Pousou Kid no chão.

Depois de ser libertado, o cãozinho coçou-se um pouco, praticou todo o ritual do cheira-cheira, para então deixar uma enorme poça ao lado da roda traseira do carro. Nesse momento, Duda compreendeu que o pobre vira-lata estava apertado fazia um bom tempo.

O garoto voltou a observar a portaria atentamente e viu quando o criado do vampiro e Paco desceram de mãos vazias, despedindo-se do porteiro formalmente. Seguiu os dois com os olhos; eles entraram na caminhonete e partiram. Duda fixou-se na placa do carro para tentar gravá-la mentalmente.

O porteiro permanecia sentado à entrada do edifício, enquanto Duda arquitetava algum plano mirabolante para tentar entrar no prédio onde, provavelmente, iria encontrar Toninho.

"Será que existe alguma ligação entre aqueles homens todos?", pensou.

Era o que ele precisava descobrir.

6

O CÚMPLICE

Enquanto Duda tentava pensar num meio de penetrar no edifício, Kid descarregava outra vez na mesma poça, aumentando a lagoa.

Após estudar o ambiente, Duda saiu de trás do carro e caminhou em direção ao porteiro. Kid seguiu-o.

— Oi, moço — falou meio encabulado.

— Oi, garoto — respondeu o porteiro, Tião, com simpatia.

Duda ficou olhando em volta sem saber o que falar.

— O mascarado aí tá com sede — comentou o homem sorridente, apontando para Kid e quebrando o gelo.

— É, acho que ele tá, sim — concordou Duda, muito sem jeito para entrar no assunto que lhe interessava.

— Você mora por aqui? — perguntou Tião, após novo silêncio.

— Não exatamente — respondeu Duda, desviando o olhar.

— Mora perto daqui? — perguntou o porteiro, encarando Duda.

— Mais ou menos — voltou a responder ele, inseguro. — Quer dizer, não é tão perto, mas também não é muito longe.

— O que você está fazendo por estas bandas, garoto?

— Eu tenho amigos da escola que moram nesta rua.

— Sei — disse o porteiro, acreditando. — E você está indo pra casa de algum deles?

— Isso mesmo! — concordou Duda, surpreendendo Tião com um entusiasmo repentino. — E justamente quando eu estava passando, eu vi... bem, eu estava indo pra casa desse amigo meu, aí eu vi... bom, eu vi um caixão entrando aqui — finalizou, encolhido, esperando por uma reprimenda.

— Sim, e daí? — falou o porteiro, intrigado. — Você se impressiona com essas coisas?

— Não — respondeu Duda secamente.

— Você não sabe que muitas pessoas morrem todos os dias?

Duda fez que sim com a cabeça, porém sem dizer nada.

— Então — continuou Tião —, isso acontece. Todos os dias morrem muitas pessoas. E crianças também. Pra morrer é que vivemos — finalizou, com uma pontinha de malícia, tentando assustar Duda.

O garoto arregalou os olhos, espantado. A partir daquele momento, caso Toninho aparecesse morto, o porteiro, certamente, seria um dos suspeitos. O garoto começou a imaginar a cumplicidade dele, já que um caixão havia sumido e o criado do vampiro e seu ajudante foram embora sem levar nada com eles.

“Talvez o porteiro esteja escondendo o caixão com Toninho morto lá dentro.” Duda arrepiou-se todo ao pensar nessa

— Mora perto daqui? — perguntou Tião, encarando Duda.
— Mais ou menos — respondeu o garoto, inseguro.

possibilidade. Temeroso, olhava fixamente nos olhos do porteiro, como se pudesse desvendar algo por telepatia.

Kid estava totalmente indiferente aos acontecimentos, quase dormindo aos pés do dono. Ele não ligaria caso Toninho nunca mais aparecesse. O esquecimento faz parte da natureza animal.

— Você quer alguma coisa, garoto? — voltou a perguntar Tião, quebrando o silêncio pela terceira vez.

— Então morreu alguém aí, né? — indagou Duda, cauteloso, com receio da resposta.

— Algum dos seus amigos mora neste prédio?

— Não.

— Então por que você quer saber, garoto? — retrucou Tião friamente.

— Quer dizer...

— Mora?

— É...

— Mora ou não mora? Você disse que não conhecia ninguém aqui! — falou o porteiro, deixando a simpatia de lado. — Onde moram os seus amigos?

— Tem uns ali, outros lá — balbuciou Duda, apontando aleatoriamente, sem especificar nenhum lugar.

— Onde?

Duda repetiu o mesmo gesto displicente. Estava amedrontado.

— Não vai me dizer que você conhecia a falecida?

— Quem?! — disse Duda, automaticamente, com certo alívio.

— A dona Catherine, do 201...

— Ah! Que bom! — gritou Duda, saltitante de alegria. Porém, recompondo-se, falou solenemente: — Que chato, né?

— Você conhecia ela de algum lugar? — perguntou Tião, admirado, franzindo a testa, como que medindo a sinceridade de Duda.

— É, eu a vi algumas vezes lá na praça...

— Praça?

O homem estava confuso, não sabia sobre o que falava Duda. Este, por sua vez, pensava que o porteiro estivesse dissimulando.

— Mas não tem nenhuma praça aqui por perto! — espantou-se Tião.

— É que ela costumava aparecer de vez em quando lá no colégio pra apanhar o neto...

— Apanhar o neto no colégio?! Mas de quem é que você está falando? Ela quase não saía de casa, nem tinha família! Muito menos um neto! Ficava trancada em casa vários dias seguidos. Eu acho até que ela era meio...

O porteiro fez um gesto como que querendo indicar que a mulher fosse louca.

— Quem sabe ela não ia lá escondida fazer alguma doação — disse Duda, tentando contornar uma situação difícil, criada por ele próprio.

— Eu acho que você está confundindo as coisas, viu, garoto? Ou então se enganou de prédio! Essa velha que morava aqui era uma tremenda unha de fome — Tião encerrou o assunto secamente.

— Será que eu não poderia entrar pra ver ela? — arriscou Duda, medindo as palavras.

— Pra quê? — tornou o porteiro, surpreso.

— Para fazer uma homenagem, ora!

— Você gosta de ver defuntos? — perguntou Tião, preocupado.

Duda fez que não com a cabeça, engolindo em seco.

— Então não vejo por que você quer ir lá em cima ver a velha. Onde já se viu! Um garoto fanático pra ver gente morta! Você é muito novo pra ter essas manias, rapazinho. Vai jogar bola com seus amigos, vai. Olha, vai dar água pro seu cachorrinho que ele está morrendo de sede.

Duda teve uma ideia luminosa. Se ele conseguisse convencer o porteiro a deixá-lo entrar no edifício, talvez pudesse descobrir o paradeiro de Toninho, mesmo que tivesse de arriscar o pescoço.

Restava saber se, uma vez lá dentro, ele sobreviveria para chegar ao seu objetivo.

Enfim, com esses pensamentos misturados em sua cabeça, Duda decidiu jogar a última cartada...

— Tem alguma torneira aqui? — indagou ele a Tião.

— Só lá na garagem, por quê?

— Porque até eu chegar em casa vai demorar um pouco e o Kid tá com a língua pendurada de tanta sede — alegou Duda, tentando convencer o porteiro.

Tião pensou um pouco no assunto e emendou:

— Não sei... com essa onda de assaltos a edifícios que anda por aí... Não sei, não...

Tião hesitava. Ainda que em seu íntimo não achasse Duda um trombadinha, a forma com que ele se aproximara da portaria tinha sido muito estranha.

— Pô! Deixa... o Kid tá morrendo de sede. Eu não sou nenhum ladrão — suplicou Duda, apontando para o vira-lata, que continuava deitado com a língua de fora.

O porteiro olhou para ambos, pensativo, pesando as consequências da autorização.

— Tá bom, leva ele lá embaixo — disse, após pensar muito bem. — Mas rápido, hem! Se algum morador pegar você lá é bem provável que me mandem embora, e eu não posso perder este emprego. Tenho duas filhas para criar.

— Pode deixar que ninguém vai me pegar, falou? — "Bom, assim espero", pensou Duda.

Tião abriu a porta da garagem, que ficava um andar abaixo da portaria, no subsolo.

— Obrigado — disse Duda com certo desânimo, descendo a rampa da garagem seguido por Kid Pulga.

O porteiro fechou a porta logo em seguida.

"Ai, meu Deus! É agora!", pensou Duda, apavorado.

Ele não acreditava na sinceridade do porteiro. O que ele achava era que o homem estava fingindo toda aquela situação para encobrir sua participação no desaparecimento de Toninho.

Vagarosamente, tateando na penumbra com todo o cuidado, Duda foi descendo a rampa da garagem, imaginando o que teria pela frente. Kid seguia seu ritmo como fiel cão de guarda.

Chegaram ao salão repleto de colunas e encanamentos externos. Não havia ninguém. Duda foi até a torneira num canto da garagem, abriu-a e deixou que Kid bebesse à farta, enquanto chamava o elevador.

Quando estava quase chegando à garagem, Duda ouviu vozes. Imediatamente pegou Kid no colo e escondeu-se atrás de um dos muitos carros estacionados por ali.

Duas elegantes senhoras saíram do elevador muito entusiasmadas com a conversa que travavam.

Duda ficou na expectativa para ver de qual dos carros elas se aproximariam. Manteve-se quieto, torcendo para Kid fazer o mesmo.

Ouviu vozes cada vez mais próximas. Elas vinham na direção do carro que Duda usava como esconderijo…

7

FLAGRANTE DELITO

Quando estavam em frente ao carro, as duas mulheres pararam de repente. Duda podia ver seus pés por baixo do chassi.

Uma delas comentou com a outra:

— Que barulho é esse?

— Não ouvi…

— Esse… Não está escutando?

— É… realmente.

A que falou primeiro vasculhou a garagem procurando a origem do som.

— Venha cá, Heloísa — disse ela, finalmente, achando a fonte do barulho.

A outra foi ao seu encontro e ambas viram a torneira que Duda esquecera aberta.

Uma delas comentou, zangada:

— Tá vendo só? A gente paga um dinheirão pela água pra esses serventes desperdiçarem… Impressionante!

— Eles não têm cuidado nenhum porque não são eles que pagam — acrescentou a outra, reforçando o argumento da primeira.

Graças a esse esquecimento, Duda estava salvo. Ele aproveitou a oportunidade para esconder-se em outro carro, mais afastado, livrando assim sua pele, porém prejudicando consideravelmente a imagem dos serventes de condomínios, que não tinham nada a ver com o peixe.

As duas mulheres entraram no carro, fizeram a manobra que exigia a arquitetura da garagem e subiram a rampa...

Duda correu para o elevador e até se esqueceu de Kid, que correu atrás do dono pensando que ele estava brincando.

As mulheres buzinaram chamando o porteiro. Sem pestanejar, Tião veio abrir o portão...

Enquanto isso, Duda enterrava o dedo no botão do elevador, que havia subido e agora demorava a descer...

Elas deixaram o prédio.

Tião fechou a porta da garagem e em seguida voltou à portaria.

Finalmente, o elevador chegou ao subsolo. Duda tinha pressa em ingressar nele...

Já dentro do elevador, o garoto parecia estar aliviado. Porém, mal começara a subir, parou no andar seguinte.

— Você ia subir, não ia? — Era o porteiro, que, abrindo a porta, olhava para Duda com uma expressão de contrariedade.

Duda empalideceu.

— Eu não falei pra você que não podia subir? — disse Tião, controlando a raiva. — Já pensou na bronca que eu ia levar se alguém visse um garoto desconhecido rondando o prédio?

— Mas seu...

— Não tem nada de seu nem meu, garoto! Eu falei pra você não subir e você tinha que me obedecer! Eu fui legal deixando seu cachorrinho ir beber água na garagem...

De súbito, o porteiro interrompeu seu raciocínio e, ligando uma coisa a outra, perguntou:

— A dona Cristina não viu você, viu?

Duda fez que não com a cabeça.

— Ah, bom! Agora você quer fazer o favor de ir passear em outro lugar, quer? Vai jogar bola, já disse! Se você gosta tanto assim de ver defunto, vai ao cemitério que lá defunto é o que não falta, viu, garoto?

Duda foi saindo do edifício desanimado. Kid ficou parado, abanando o rabinho para Tião, que logo o colocou em marcha também. Da portaria, o homem os observava.

Duda voltou ao carro estacionado na calçada em frente ao prédio. Olhava para lá como se estivesse diante de um brinquedo que se admira na vitrina de uma loja, sem se poder tocar.

Kid Pulga fuçava novamente a roda do carro, velha conhecida sua. Fazendo a famosa pose dos cães machos, inundou-a mais uma vez.

— Vamos, vamos! Me deixem trabalhar! — gritou o porteiro, zangado.

Duda caminhou pela rua até afastar-se do edifício.

Kid, como sempre, seguia o dono, indiferente a tudo. Claro, ele não sabia nada sobre histórias de vampiros.

Duda chutou um maço de cigarros amassado que estava no seu caminho, depois encostou-se em outro carro, estacionado na mesma rua, e ficou olhando o chão, pensativo.

Kid parou também. Após alguns segundos, deitou-se e permaneceu de olhos fixos no dono.

Passava do meio-dia. A essa hora sua mãe já os devia estar caçando para o almoço. A aula, naquele dia, estava perdida.

"Onde será que eles meteram o Toninho?", pensava Duda, tentando adivinhar.

8

TONINHO EM APUROS

Enquanto, lá embaixo, Duda preocupava-se com o destino de Toninho, tentando driblar o porteiro, no segundo andar as coisas aconteciam...

Quando o criado do vampiro e Paco saíram do elevador carregando o caixão, Alberto Kriegel já os aguardava no corredor.

Era um homem alto, de cabelos escuros, com certa majestade na postura e o olhar penetrante. Estava impecavelmente vestido com um *smoking*.

— Entrem rápido — disse Kriegel, apontando para a porta do apartamento, aberta.

Era um apartamento de porte médio, mas mobiliado e decorado com requinte.

Os três, atravessando a sala, entraram num pequeno corredor à direita, passaram por um quarto que servia de escritório à esquerda e entraram no outro quarto, imediatamente ao lado.

Lá estava uma jovem loira, toda vestida de branco, deitada numa cama de casal. Parecia morta.

O criado do vampiro e Paco pousaram o caixão ao lado da cama, perto da parede; depois a olharam com certo pesar.

Contudo Kriegel tratou de apressá-los:

— Rápido. Já está na hora. Alguém viu vocês chegarem com o caixão?

— Não, tudo saiu de acordo com o planejado — retrucou o criado do vampiro com satisfação. — O Tião trabalhou direitinho.

— Ótimo. Agora vocês terão uma tarefa importante pela frente. De madrugada removeremos o corpo. Tião estará de plantão. Podem ir — arrematou Kriegel, seco.

Ele falava como se lhe faltasse vida interior.

O criado do vampiro e Paco tomaram a direção da porta. Kriegel seguiu-os.

Nesse momento, Toninho abriu o caixão para respirar um pouco de ar fresco. O caixão tinha um visor de vidro mais ou menos no local onde ficava posicionada a cabeça do morto, e esse visor estava aberto; assim Toninho escapara de morrer asfixiado. Para não ser descoberto, ele recolhera-se na parte de baixo, visto ser bem menor que aquele pijama de madeira.

Ainda dentro do caixão, ficou observando o ambiente através do visor, quando ouviu um barulho. Voltou a se esconder.

Kriegel fechou a porta tão logo os dois homens desceram, depois foi até o banheiro, que ficava no fundo do corredor, ao lado do último quarto, e trancou-se lá.

Percebendo que o silêncio voltava a reinar, Toninho abriu o caixão, levantou-se e deu de cara com o cadáver da jovem na cama.

Tomou um susto tremendo e deitou-se de novo, sobressaltado.

Após recuperar a calma, resolveu ficar de pé para observar melhor. Persistindo o silêncio, Toninho aproveitou para sair definitivamente do caixão. Fechou-o com cautela, para não fazer nenhum barulho que o denunciasse, porém ouviu novo ruído e se meteu debaixo da cama.

Toninho abriu o caixão, levantou-se e deu de cara com o cadáver da jovem na cama.

Alberto Kriegel saiu do banheiro e veio até o quarto. Ficou contemplando a jovem por alguns instantes, depois tornou a sair.

Toninho viu os sapatos de Kriegel, perfeitamente engraxados, virarem à direta e seguirem pelo corredor. Ele permaneceu debaixo da cama para ver o que iria acontecer.

Momentos depois, voltava Kriegel e trancava-se pela segunda vez no banheiro, fato que chamou a atenção de Toninho:

"Por que esse cara entra toda hora no banheiro?", pensou.

Ficou esperando mais alguns segundos, por segurança, e, não acontecendo nada, saiu do esconderijo, deu uma parada diante da jovem morta, benzeu-se e foi saindo de fininho...

Já estava no corredor quando ouviu a maçaneta da porta do banheiro girar. Imediatamente entrou no escritório ao lado e escondeu-se atrás da porta.

Com a porta do banheiro aberta, diante do espelho, Kriegel barbeava-se, enquanto Toninho observava tudo pela fresta da porta, reparando assustado na imponente figura do homem vestindo um *smoking*.

Kriegel voltou a fechar a porta. Logo depois, Toninho ouviu o som de água caindo...

"Será que vampiros também gostam de tomar banho?"

Sem pensar muito na resposta, saiu em disparada pelo corredor e foi até a entrada do apartamento. Virou a chave duas vezes e, quando abriu a porta, não pôde segurar um grito...

9

O VAMPIRO RESSUSCITOU?

Toninho deu de cara com Duda, tão apalermado quanto ele, preparando-se para tocar a campainha.

Ouvindo o grito, Alberto Kriegel saiu do banheiro, enrolado na toalha, para verificar.

Os meninos fecharam a porta rapidamente e correram para a escada de serviço.

Kriegel fez uma ronda pelo apartamento e, não vendo nada, voltou para o banheiro, não sem antes parar diante da bela jovem deitada na cama, como se quisesse ter certeza de que não poderia ter sido ela a responsável pelo grito.

Na escada, Toninho desabafou:

— Eu vi, Duda!... A moça... o vampiro... morta...

— O quê?! Calma, Toninho. Fale devagar...

— O vampiro, Duda!... Estava lá... com a moça... morta!

— O vampiro?! Mas que moça é essa? Não tô entendendo nada, meu irmão...

— Pô! Eu estou falando grego, Duda? Eu tô dizendo que vi o vampiro em pessoa lá no apartamento! — reafirmou Toninho, já recuperando o fôlego. — Tinha uma moça bonita deitada numa cama de casal. Ela estava morta, rapaz!

— Que que você está me dizendo? O vampiro ressuscitou?! — Duda repetia as palavras mecanicamente, sem acreditar no que estava ouvindo. — E essa moça que você disse que tava morta lá dentro?

— Ela era loira, estava toda vestida de branco. Pálida como uma vela! Parecia que alguém tinha lhe tirado todo o sangue. Igualzinha àquela do jornal... — acrescentou Toninho, dando ênfase à parte sobre o sangue.

— Então, a mulher que você viu foi a segunda vítima dele. Você reparou se ela tinha os dois furos no pescoço?

— Hã? — Toninho fez uma pausa para reflexão, depois emendou: — Sei lá se tinha furos no pescoço! Não deu pra ver. Eu tinha que salvar a pele, mané!

— Você tem certeza que era o vampiro? — insistia Duda.

— Certeza, não. Você é que é o especialista, né? Ele estava todo vestido de preto e dava ordens para aqueles dois caras da caminhonete, aí eu pensei...

— Viu! — gritou Duda com entusiasmo. — Não te falei que aqueles caras eram suspeitos? Como era esse homem todo vestido de preto que você diz ser o vampiro?

— Era alto, cabelos escuros e tinha uma expressão fria...

— Hum! Parece que é ele — disse Duda com certeza. — Toninho, agora é que a coisa vai começar a esquentar! Se esse cara que você viu lá no apartamento for mesmo o vampiro, a moça morta foi sua segunda vítima. Se essas coisas forem confirmadas, quer dizer que a maldição pode se espalhar por toda a cidade… Ninguém vai escapar do vampiro. Temos que agir rapidinho!

— Por que não saímos logo daqui antes que alguém ouça a gente?

— Espere um pouco — retrucou Duda, sem ligar para as palavras de prevenção do amigo.

Os dois dialogavam tranquilamente na escada, sem lembrar que, a qualquer momento, poderiam ser pegos…

— Há uma coisa estranha nesse troço… — tornou Duda, após meditar.

— O que é?

— Como pode ser o vampiro, se eles só saem da toca de noite?… Mas, por outro lado, a descrição que você fez do sujeito confere exato com a figura do vampiro. Estamos diante de um enigma.

— Ora, os vampiros modernos não gostam só da noite não, meu camarada! Eles gostam de curtir uma praia também. Lá eles podem ver as garotas de biquíni…

— Para de dizer besteira, Toninho! Eu tô falando sério! Não deu pra sacar o que ele combinou com os capangas?

— Nadinha. Mas é claro que eles tinham uma missão ultraimportante, pois foi o próprio chupador de pescoço quem falou isso…

— Como é que você sabe?

— Eu ouvi de dentro do caixão, ué — respondeu Toninho com certo orgulho.

— E não ouviu eles dizerem pra onde estavam indo? — insistia Duda, para conseguir o maior número de informações possível.

— Não, isso eles não falaram.

— A teia está mais emaranhada… — disse Duda em tom de mistério.

— Que teia?

— Eu quero dizer que a coisa complicou de vez, Toninho. Bom, a gente tem que descobrir se o sujeito que você viu é mesmo o vampiro ressuscitado, quem é a moça morta lá no apartamento, e se essa morte tem alguma ligação com aquela que saiu no jornal. Aí só falta descobrirmos aonde foram os dois homens da funerária e, também, se este apartamento é o esconderijo do vampiro...

— Só isso?! Então é moleza! — exclamou Toninho em tom de deboche. — Por que a gente não vai lá dentro e acaba com o vampiro? — desafiou, mantendo o tom.

— Engraçadinho! Não podemos enfrentar um vampiro sem preparo. Vamos ter que adiar o confronto para outro dia, quando estivermos prevenidos...

— E quando será isso? — volveu Toninho, preocupado.

— Não sei... — respondeu Duda com o pensamento longe. — O que está me deixando grilado é que o porteiro falou de uma tal de dona Catherine, uma velha estranha que tinha falecido. Será que foi o sangue dela que o vampiro usou para ressuscitar...

— Uau! Chupar sangue de velha? Que gosto! — brincou Toninho.

— Talvez essa tal velha fosse a dona do apartamento...

— É, mas não tinha nenhuma velhinha morta ali dentro, e sim uma senhora gata!

— Estranho... — Duda voltava a refletir.

— Ah! E por falar nisso, esse porteiro está envolvido com a turma do vampiro.

— Isso eu já sabia, meu caro! — rebateu Duda com presunção.

— Sabe o que mais, vamos embora que já é tarde — disse Toninho, descendo os primeiros degraus. — A gente vai perder a hora da aula...

— Correção: já perdemos — retrucou Duda, seco.

Ele ia voltando em direção ao apartamento, quando Toninho o deteve:

— Vai aonde?

— Ver se a moça que o vampiro matou tem os furos no pescoço...

— Tá maluco! — retrucou Toninho, segurando-o pelo braço. — Você acha que eu vou enfrentar esse bicho sem nenhuma arma? Tá doido! Você só me mete em enrascada! Vamos embora...

— Então vamos de elevador — sugeriu Duda com a maior naturalidade.

— Que elevador nada! Vamos de escada mesmo...

Os dois desceram a escada cautelosos. Ao chegarem à portaria, notaram que não havia ninguém por perto, então foram saindo...

10

"EU INCINERO VOCÊS!"

Todavia, quando já iam passando pela porta, toparam com Tião vindo da garagem. Ele olhou para os meninos furioso.

— Você de novo? O que vocês estavam fazendo lá em cima? — perguntou indignado. — E quem é esse aí? — falou, apontando para Toninho.

Os garotos não responderam.

— Eu vou ensinar vocês a não fazerem molecagem com os mais velhos...

Duda e Toninho saíram correndo em disparada, com o porteiro atrás.

— Voltem aqui, seus moleques! Eu pego vocês! — esbravejava ele, enquanto os meninos desapareciam pela rua. — Da próxima vez que eu pegar vocês por aqui, eu vou jogar todo mundo na lixeira! Eu incinero vocês!

Duda e Toninho já estavam longe e não escutaram a ameaça.

Pouco tempo depois, encontraram-se com Kid Pulga. Duda o prendera no quintal de uma casa vazia, numa rua próxima, para que ele não atrapalhasse a missão de resgate.

Serenados os ânimos, Toninho voltou a perguntar:

— Ô Duda, pra que você ia tocar a campainha?

— Ora, eu ia perguntar...

— Se alguém tinha visto um crioulinho escondido dentro de um caixão? — completou Toninho em tom de gozação.

— Não, espertalhão, eu ia inventar uma desculpa qualquer — retrucou Duda, meio irritado.

— Qual?

— Por exemplo, perguntar se era ali que tinham pedido umas flores... — disse Duda, seguro de si. — Você nem imagina o que eu fiz pra entrar naquele prédio. Todos os truques que eu tentava esbarravam sempre naquele porteiro; só que teve uma hora que ele bobeou, aí eu entrei sem ser visto. Puxa! Cheguei a pensar que nunca mais veria você...

— Não vai me dizer que você ficou imaginando que eu, o mais esperto da rua, tinha sido apanhado? — indagou Toninho, convencido.

— Pior! Fiquei imaginando que você tinha servido de comida para o vampiro ressuscitado — retrucou Duda seriamente.

— Você viu em que direção foi a caminhonete?

— Seguiu pela rua e virou à esquerda; mas pra onde ela foi eu não sei — respondeu Duda meio desanimado. — Mas eu guardei a placa do carro de memória e isso não vai ficar barato! — concluiu, reanimando-se.

Os dois continuaram a pé o caminho de casa; afinal, não era muito longe e eles conheciam bem a redondeza.

Talvez fosse tarde para o almoço, mas o mistério envolvendo o vampiro estava apenas no começo...

11

DEPOIS DA TEMPESTADE...

Eram exatamente treze horas e vinte e dois minutos quando os garotos chegaram em casa.

Dona Amanda, mãe de Duda, uma mulher morena de seus 30 anos, já os esperava havia algum tempo.

— Muito bonito, não é, seu Duda! Esqueceu da aula de novo! — disse ela de cara amarrada.

— É, nós tivemos alguns contratempos... — respondeu Duda cinicamente.

— E você, Toninho, qual é a sua desculpa?

— Nós estamos atrasados, né? — retrucou ele, sem graça.

— Atrasados?! Vocês perderam a aula pela segunda vez esta semana! — volveu dona Amanda, irritada. — Acho que eu vou acabar com esses jogos de futebol durante as manhãs. Vão almoçar que a comida ainda deve estar quente.

Os dois, famintos, correram para a copa sem maiores explicações.

Kid Pulga começou a latir do lado de fora em tom de súplica.

Dona Amanda foi até a copa e falou para Neusa:

— Neusa, você pode dar comida ao Kid pra mim, por favor?

— Já tô providenciando, dona Amanda — disse Neusa, uma negra forte, uns vinte anos mais velha que a mãe de Duda.

Dona Amanda retirou-se para seu quarto.

— Que que vocês andaram aprontando? — perguntou Neusa, fitando os dois com uma expressão séria.

— Nada, não, dona Neusa. Só estávamos jogando bola e esquecemos a hora da aula.

— Outra vez, Duda! Se você esquecer a hora mais uma vez, tua mãe vai te colocar de castigo.

Neusa acabou de servir os dois pequenos e saiu da cozinha levando o pote de comida de Kid repleto.

Logo depois voltava dona Amanda, vestida para sair. Então ordenou:

— Depois do almoço, eu quero que vocês estudem o resto da tarde já que não foram à aula hoje. Quando eu voltar, não quero queixas, ouviu, Duda?

Duda limitou-se a balançar a cabeça, concordando.

Dona Amanda saiu e os dois continuaram a comer.

— Toninho, nem um pio sobre o vampiro. Se elas descobrirem com quem a gente andou se metendo, isso vai dar a maior confusão...

— É, e a gente não pode dar mais furo, senão vamos ficar de castigo. Aí, adeus às peladas de manhã.

— É por isso que eu vou sozinho procurar o Ferretti lá na delegacia — disse Duda, já planejando algo.

— E como você vai enganar a minha mãe?

— Simples! Você vai ficar lá no meu quarto trancado, fingindo que está estudando, enquanto eu vou voltar naquele prédio com o Ferretti pra tentar solucionar alguns daqueles mistérios que ficaram no ar... — explicou Duda, na sua pose de detetive particular.

— Vê lá o que você vai arrumar, heim!

— Deixa comigo! Já acabou de comer?

Toninho fez um gesto para Duda esperar. Ele estava de boca cheia e preparava-se para dar outra garfada.

— Vamos logo, Toninho! O tempo voa.

— Peraí, mané. Eu tô com fome!

— Como você consegue pensar em comida quando nós temos um vampiro perambulando por aí noite e dia? Acaba logo!

Toninho dava a última garfada. Sem esperar pelo final da mastigação, Duda arrancou o amigo bruscamente da mesa, fazendo-o engasgar, e foram para o quarto...

Antes de entrar, porém, Duda deu um recado para Neusa:

— Dona Neusa, nós vamos estudar, tá? Não deixa ninguém atrapalhar a gente!

Ela, metida em algum canto da casa, ocupada com seus afazeres, não respondeu.

No quarto, Duda foi até seu material escolar, arrancou uma folha de caderno e escreveu o número da placa do carro funerário. Depois, exibiu-o a Toninho...

— Olha, é o número da placa da caminhonete.

— Você vai dar para o Ferretti investigar?

— É lógico. Mas antes a gente tem que ir lá naquele prédio fazer uma visitinha ao porteiro enfezado que expulsou a gente. É por lá que começam as investigações.

— Vai com calma, Duda.

— Deixa comigo. Tranca a porta do quarto assim que eu sair. Olha, tem que parecer que nós estamos estudando de verdade. Eu vou assobiar quando chegar na rua, falou?

Toninho confirmou com a cabeça.

Duda saiu do quarto, foi até a sala e, não vendo Neusa por perto, abriu a porta da rua com todo cuidado para não ser ouvido e saiu.

Chegando à rua, assobiou, conforme o combinado.

De agora em diante a farsa do estudo estava valendo.

12

FERRETTI E ELIAS

Duda foi até a delegacia, próxima à sua casa, procurar o seu grande amigo, o policial Ferretti.

Logo que chegou, encontrou o delegado Paranhos, que ia saindo. Quando este o avistou, brincou com o pequeno:

— Ô, meu caro detetive! Como vai você?

— Tudo certo — respondeu Duda, meio convencido.

— Como vai o capitão Campos? — perguntou Paranhos, referindo-se ao pai de Duda, um oficial do Exército.

— Vai bem. Esta semana ele tá de plantão no quartel...

— Ih! Então você vai aproveitar, hem, malandro! — voltou a brincar o delegado com sua costumeira irreverência. — Já almoçou?

— Já, obrigado.

— Pra você ver, eu estou indo agora — volveu Paranhos meio contrariado. Duda olhava para ele, sério. — É! Tá pensando que vida de policial é moleza?

— Cadê o Ferretti?

— Ele estava fazendo um relatório na sala dele, mas eu acho que já deve ter acabado.

— Eu posso ir até lá?

— Pode, você é de casa. O que é agora, mais um caso sem solução?

Duda esboçou um sorriso amarelo e não disse nada, foi entrando. Paranhos despediu-se e continuou seu caminho.

Duda chegou à sala de Ferretti e o viu lendo o jornal tranquilamente, o que demonstrava que o tal relatório já estava encerrado.

— Oi, Ferretti, tudo beleza? — disse Duda da entrada da sala.

— Ô rapaz! Você por aqui? Que que manda? Seu pai está bom? — cumprimentou o homem alto e robusto.

— Está. Ele vai ter que ficar esta semana no quartel, de plantão — respondeu Duda, já meio entediado de ter que repetir sempre a mesma coisa para todo mundo.

— Sei... E aí, alguma novidade?

— Bom, Ferretti, tem umas coisinhas pra você me ajudar a resolver... — disse Duda sem rodeios.

— Vamos ver o que eu posso fazer. O que é desta vez, detetive Duda?

— Eu tenho aqui o número da placa de um carro.

Duda retirou do bolso da bermuda um pedaço de papel dobrado e agitou-o no ar, mostrando ao policial.

— Qual é o problema?

— Eu gostaria que você descobrisse de quem é o carro e o endereço do dono...

Ferretti levantou-se da mesa, foi até um armário em frente, pegou uma garrafa térmica e encheu o copinho de plástico com café. Ofereceu a Duda, que não quis.

Voltou a sentar-se, sempre em silêncio, fitou Duda durante alguns segundos e depois disse:

— Duda, você está inventando o que desta vez?

— Nada, só que tem umas coisas que a gente precisa investigar — respondeu ele, propositadamente distraído.

— Você quer ser mesmo um policial quando crescer?

Duda apenas respondeu que sim com a cabeça e não falou nada.

— Você sabe que é uma vida difícil, que somos mal remunerados, além de arriscarmos o pescoço o tempo todo?

— Ih! Não vem com essa lição de moral de novo, Ferretti! E nem me fale de pescoço!

— Por quê?

— Pra começar, antes que você descubra o endereço e o dono desse carro, nós temos que ir até um edifício de luxo aqui perto identificar dois cadáveres...

— Como é que é?! — indagou Ferretti estupefato, abandonando o copinho de café.

— E o pior não é isso: um vampiro está solto na cidade — tornou Duda secamente, sempre indo direto ao assunto.

— O quê? — espantou-se Ferretti, numa surpresa crescente. — Peraí, Duda, isso não é hora para brincadeira...

— Eu não tô brincando, é sério. O Toninho está de prova, ele é que viu o homem...

Nesse momento, Elias, companheiro de ronda de Ferretti, passava por ali; quando viu Duda agitado na cadeira, entrou e foi logo fazendo aquela festa:

— Olá! Como vai o nosso Batman mirim? — disse o homem de porte médio, pele morena e cabelos lisos como os de um índio.

— Elias, sente-se e ouça a história do Duda — sugeriu Ferretti, refeito da surpresa.

— Que que é? — Elias mudou de tom na mesma hora.

— Eu estava falando com o Ferretti que o Toninho viu uma mulher morta num apartamento aqui perto e que eu, conversando com o porteiro do prédio, descobri que pode haver também uma velha morta no mesmo apartamento e um vampiro...

— Peraí, Duda — interrompeu Elias, embaralhado. — Isso está muito confuso...

— E você não me deu esses detalhes... — interrompeu, por sua vez, Ferretti.

— Por que você não conta pra gente como tudo aconteceu desde o início? — pediu Elias com calma.

— Tudo bem...

Duda recontou toda a história, em detalhes, na frente dos dois policiais. Ao terminar, Elias comentou com Ferretti:

— Será que essa história que o Duda nos contou tem alguma relação com aquele caso da moça assassinada com dois furos no pescoço e sem sangue no corpo?

— Vocês já sabem alguma coisa sobre isso? — retrucou Duda, admirado.

— Provavelmente algum lunático fazendo-se passar por vampiro. Agora, é possível que os garotos tenham presenciado esse suposto vampiro agindo e, pelo que o Duda falou, com outros homens ajudando. O que nos faz pensar que essa história de vampiro não é tão louca assim, a menos que um bando de malucos tenha fugido do hospital junto...

— Quer dizer, agora são duas vítimas — afirmou Duda.

— Não sabemos se os dois casos têm ligação, Duda — rebateu Elias na sua conhecida tranquilidade. — E nem temos provas do que você nos contou...

— Mas então estamos perdendo tempo! Temos que descobrir...

— Duda, eu já te falei: se você quiser ser um policial, ainda vai ter que comer muito feijão, malandro.

*Duda recontou toda a história, em detalhes,
na frente dos dois policiais.*

— Tá bom, mas enquanto o feijão não faz efeito, que tal nós irmos juntos lá pra investigar?

— Nada feito. Você vai ficar aqui bonitinho nos esperando. Daqui a pouco nós trazemos novidades. Até já...

Ferretti e Elias iam saindo, quando Duda chamou a atenção para um fato:

— Como vocês vão lá se eu não disse onde é?

Ferretti e Elias se entreolharam com cara de bobos, enquanto Duda dava uma sonora gargalhada de satisfação.

— Tá bom, vem logo — falou Ferretti, fingindo um ar zangado.

Os três saíram...

13

DE VOLTA AO EDIFÍCIO

Cinco minutos depois, paravam defronte àquele mesmo edifício, velho conhecido de Duda.

— É aquele porteiro mesmo — falou Duda, encolhendo-se no banco traseiro da radiopatrulha. — Vou ficar aqui, o resto é com vocês.

— Eu vou lá — disse Ferretti, decidido, saindo do carro.

Ele caminhou até onde estava Tião, que, para variar, folheava seu jornal.

— Boa tarde — principiou Ferretti.

— Boa tarde — respondeu Tião prontamente.

— Eu gostaria de saber se o dono do 201 está em casa — volveu Ferretti sem rodeios.

— Não, o apartamento está vazio.

— O senhor desculpe a intromissão, mas é que nós recebemos denúncias de que havia uma senhora e uma moça mortas lá em cima...

— Mas que absurdo! — retrucou Tião, sorrindo. — Quem é que poderia inventar uma história dessa?

— O senhor sabe como é, trote ou não, nós temos a obrigação de averiguar...

— Claro, claro. Eu vou pegar a chave do apartamento...

Tião foi até a mesa, na portaria, abriu uma gaveta e pegou a chave, conforme dissera.

— Por aqui — disse ele, convocando Ferretti.

Os dois pegaram o elevador e subiram...

De dentro do carro de polícia, Elias observava toda a movimentação.

— Para quem está envolvido em assassinato, o cúmplice não parecia nem um pouquinho preocupado — declarou Elias sem tirar os olhos da portaria.

— É, mas pode ter certeza de que ele tem culpa no cartório — enfatizou Duda, ainda recolhido no banco de trás do carro.

Dali a pouco, os dois desceram de novo.

— O senhor me desculpe, mas é nosso dever verificar toda e qualquer denúncia.

— Não foi problema algum, policial — disse Tião na mais absoluta tranquilidade, pegando novamente seu jornal, sacudindo-o e voltando à leitura.

Ferretti entrou no carro, e os três foram embora.

Durante a viagem, Duda, ansioso, queria saber dos detalhes:

— E aí, Ferretti?

— Nada. O apartamento estava completamente vazio — respondeu o policial com a atenção voltada para a direção, pois era ele quem dirigia o carro.

— Eles limparam tudo — disse Duda, desanimado. — Claro, eles não iam deixar nada que provasse a presença de alguém. Ainda mais depois que eu e Toninho, dois garotos desconhecidos no bairro, andamos rondando o prédio.

— Não havia nenhum vestígio? Nenhuma roupa, nenhum móvel, nada? — perguntou Elias, aflito.

— Havia: as paredes, por exemplo, não recebem uma boa pintura há algum tempo, e há marcas demonstrando que os móveis foram arrastados pelo chão recentemente. Na verdade, Elias, estou certo de que essa mudança foi feita hoje, porque senão a poeira já teria coberto uma boa parte das marcas no chão. Eu acho que acabamos por surpreender os caras, chegando antes que eles pudessem limpar o apartamento. Agora, se o porteiro é culpado ou não, como o Duda diz, não sei, porque o homem mostrou naturalidade o tempo todo que estava comigo, como se não soubesse de nada — explicou Ferretti sem desviar a atenção do trânsito.

Eles chegavam à delegacia, enquanto Duda tentava justificar-se:

— Ferretti, Elias, eu tenho certeza que aquele porteiro tem alguma coisa a ver com a história, porque o Toninho ouviu o criado do vampiro comentar sobre o tal Tião.

Os três voltaram à sala de Ferretti, que tratou de servir-se de mais um cafezinho, passando um também para seu colega Elias. Duda, como sempre, não bebia café.

Todos reinstalados, Ferretti continuou:

— Duda, como estava o estado dessa moça morta?

— Eu não entrei lá, como disse, mas o Toninho falou que ela estava toda vestida de branco e "pálida como uma vela". Ele contou que parecia que alguém tinha tirado todo o sangue dela, mas não reparou se tinha os furos no pescoço...

— É, meu chapa, temos um novo caso — constatou Elias, coçando o queixo.

Duda, animado, disse:

— E por onde começamos?

— Você vai começar indo pra casa agora, depois trate de ir estudar e não atrapalhe a gente — disse Ferretti, autoritário, pegando no telefone e discando.

— Fica frio. Minha mãe pensa que eu estou estudando nesse momento com o Toninho. Você vai localizar o endereço deles? — perguntou Duda na expectativa.

— Daqui a pouco — respondeu Ferretti, aguardando a ligação feita. — Alô, Teresa? É o Ferretti...

Dito isso, Elias saiu da sala levando Duda com ele, que, ansioso, protestou:

— Peraí, mas nós não vamos esperar a resposta?

— Ela ainda vai demorar um pouquinho a sair — respondeu Elias em tom de piada, sorrindo para Duda.

14

FUNERÁRIA ALÉM DA VIDA

No dia seguinte, por volta das seis da tarde, Duda chegava em casa, como sempre, sujo e amarrotado. O uniforme da escola estava irreconhecível.

Dona Amanda lia o jornal na sala, quando o filho entrou.

— Oi, mãe — cumprimentou-a, indo direto para o quarto.

Dona Amanda continuou a ler o jornal tranquilamente.

Minutos depois, vinha Duda de roupa trocada.

— O Ferretti não veio entregar nada pra mim, mãe?

— Não, ele não me entregou nada, mas andou fazendo umas perguntas sobre você...

— Que perguntas? — indagou Duda, preocupado.

— Se você tinha se metido em alguma confusão nesses últimos dias ou se, por acaso, estaria inventando outra de suas aventuras. Coisas desse tipo.

— E ele disse mais alguma coisa?

— Disse, sim. Para que eu tomasse cuidado com você, depois foi embora dizendo que ia a uma tal de funerária Além da Vida resolver um probleminha que você tinha arranjado...

— Funerária Além da Vida — repetiu Duda, pensativo, dirigindo-se à estante e anotando o nome num pedaço de papel.

— Que história é essa, Duda? — perguntou dona Amanda, desconfiada.

— Hã? — volveu Duda distraído, com o pensamento longe.

— Duda! Acorda! Que história de funerária é essa?

— Ah! Nada, não, mãe. Não se preocupe.

— Não me preocupar, não é? Se eu bem te conheço, você está aprontando alguma. Veja lá se não vai fazer bobagem! Lembre-se de que seu pai não vai estar em casa esses dias...

Duda voltou para o quarto, deixando sua mãe falando sozinha. Segundos depois, voltou com uma bola de futebol debaixo do braço; quando ia passando pela sala, em direção à porta da rua, sua mãe o deteve:

— Aonde vai, mocinho? O jantar já vai sair.

— Vou bater uma bolinha antes de comer...

— Onde? — perguntou dona Amanda, desconfiada.

— Aqui em frente mesmo — explicou Duda.

— Tá bom — tranquilizou-se a mãe —, daqui a pouco eu te chamo para tomar um banho.

— Falou...

Contudo, quando ia saindo porta afora, parou e mirou a manchete do jornal que sua mãe lia: "Vampiro solto na cidade ainda é um mistério". Saiu correndo esbaforido.

Duda foi até a porta dos fundos de sua casa e gritou por Toninho, que logo depois aparecia para saber o que o amigo desejava.

— Rápido, Toninho! Precisamos fazer alguma coisa imediatamente...

— Calma, Duda, o que foi?

— O vampiro! Eu acabei de ver a manchete no jornal. Tem mesmo um vampiro solto na cidade.

— O quê? — exclamou Toninho, compartilhando do espanto com o companheiro.

— Vamos, nós temos que ir investigar aquela casa.

— Ir lá naquele prédio outra vez!

— Não, Toninho, naquela casa da avenida Fontenelle — retificou Duda.

— Ué, mas você não vai jogar bola? — tornou Toninho, vendo a bola de futebol que Duda trazia debaixo do braço.

— Que jogar bola, moleque! — exclamou Duda, irritado. — Eu tinha que dar uma desculpa qualquer pra sair...

— Você tá doido, Duda! Esse vampiro anda solto por aí, chupando o sangue das pessoas, e eu ainda vou facilitar? Não vou mesmo, nem adianta contar comigo.

— Pô, Toninho, você vai me abandonar numa hora dessas! Eu preciso de você...

— O Ferretti falou pra você não atrapalhar ele no caso. Não se esqueça que nós não somos policiais. Ele não descobriu nada sobre a caminhonete?

— Ele já deve saber de tudo, mas não vai me dizer nem que a vaca tussa. Ele teve lá em casa conversando com a mamãe, aí, sem querer, ela acabou me dizendo o nome da funerária.

— E aí?

— E aí é que nós vamos lá na casa tentar descobrir alguma coisa por nossa conta mesmo.

— Mesmo que eu quisesse, minha mãe não ia deixar. Daqui a pouco sai o jantar, né?

— Não tem importância, Toninho! Pra todos os efeitos, você está jogando bola comigo...

— Não dá, Duda. Eu não vou. Eu não tô a fim de levar uma mordida no pescoço.

— Ô, Toninho, vamos! Eu preciso da sua ajuda, moleque!

— Não vou e pronto! — afirmou Toninho, irredutível. — Pode ser que assim você desista dessa ideia maluca. Se você quer enfrentar o vampiro, vá sozinho.

— Tá bom, vou sozinho. Mas se eu não voltar pro jantar, me faz um favor: vai lá no casarão amanhã de manhã me buscar com o Ferretti e o Elias, falou? Pode ser que o corpo fique inteirinho; afinal, os vampiros só precisam do sangue — chantageou Duda, bem ao seu estilo.

Dito isso, saiu de casa deixando a bola no jardim e seguiu pela rua dos Lírios...

Segundos depois, olhou para trás. Dessa vez Toninho cumprira a promessa: ficou olhando o amigo afastar-se sentado no muro.

Duda virou a cara, orgulhoso, e continuou a andar. Dobrou à esquerda no cruzamento da rua dos Lírios com a avenida Fontenelle e voltou a procurar por Toninho. Ele permanecera firme em sua posição.

Desta feita Duda teria de agir sozinho.

15

A MANSÃO DO VAMPIRO

Já havia anoitecido quando Duda chegou à sinistra casa, que parecia deserta.

Aproximou-se do portão, olhou a sua volta a fim de verificar se alguém o observava e entrou ao perceber que o caminho estava livre.

Foi até a porta da frente da casa, mas ela estava trancada. As janelas também. O mato crescia ao redor sem nenhum cuidado. Então, ele se dirigiu aos fundos da casa e, pelo caminho, confirmou o estado de total abandono.

Duda localizou a porta dos fundos. Foi até ela e, surpreso, verificou que estava destrancada. Girou a maçaneta, estranhando que esta só se mexesse por fora, e olhou para dentro da casa, mergulhada na escuridão. Não viu sinal de gente. Acendeu a luz.

A entrada dos fundos dava para a cozinha, mas o único indício demonstrando que aquilo era uma cozinha eram algumas panelas penduradas na parede e a tradicional pia. Nem fogão, nem geladeira. Havia também alguns instrumentos de carpintaria e marcenaria espalhados e dois armários encostados numa das paredes, entulhados com os mais variados materiais: desde peças de automóveis até artefatos religiosos, passando por vários tipos de estatuetas de gesso. Enfim, uma total desorganização.

Duda observou tudo com bastante atenção, e o fato de a "cozinha" estar assim desarrumada aumentou sua curiosidade. Ele foi entrando na casa...

Passou por um banheiro de tamanho razoável, onde havia outras bugigangas. Depois do banheiro, ele pôde ver a enorme oficina que se escondia dentro daquela casa antiga, com serras elétricas e todos os tipos de materiais que um carpinteiro ou marceneiro precisam para trabalhar. Ficou pasmo.

O local não estava dividido em cômodos, como de costume. Todas as paredes tinham sido derrubadas para que se fizesse do lugar uma boa oficina.

Duda viu vários caixões semiconstruídos e tampas ainda por construir espalhados por todos os lados. Viu também as alças, que ficavam penduradas na parede numa espécie de mostruário.

Uma coisa, porém, chamou mais a atenção de Duda...

Mais ou menos no centro do grande salão, em cima de dois cavaletes, estava um luxuosíssimo caixão negro, brilhando intensamente. Muito bem ornamentado e envernizado, tinha cerca de um metro e noventa centímetros de comprimento.

"Uau! Aquele caixão... Só pode ser dele!", pensou Duda, petrificado ao lembrar do vampiro.

Naquele instante, ele ouviu um barulho...

Recuou, assustado, olhando para trás.

A porta dos fundos batera com o vento que soprava naquele início de noite.

Como a maçaneta só girava por fora, aquilo significava que Duda agora estava trancado dentro da casa. E o azar era que sua mãe em pouco tempo iria chamá-lo para jantar.

Duda tentou forçar a porta da frente, mas ela era muito resistente. Pensou em quebrar as vidraças das janelas, mas isso seria inútil, porque elas eram protegidas por grossas barras de ferro pelo lado de fora, e o barulho do vidro quebrando chamaria a atenção da vizinhança. Não adiantava insistir.

"E agora?", pensou ele. "Trancado no esconderijo do vampiro, com o caixão dele bem debaixo do nariz..." Lembrou-se de um detalhe: "A essa hora ele deve estar caçando alguma pessoa para sugar o sangue e só vai voltar lá pelas cinco da matina, quando começar a amanhecer... Eu acho que até lá o Toninho já veio me procurar", tranquilizou-se.

Mesmo assim, Duda foi até a porta dos fundos e tentou forçá-la. Não tendo sucesso, procurou num armário por uma chave de fenda bem grossa. Pegou a que lhe pareceu maior...

No momento em que ia forçar a fechadura, ouviu passos vindos do lado de fora. Tratou de correr para o salão e esconder-se num dos caixões ali guardados. Estava ficando mestre em usar esse tipo de esconderijo.

Do interior do caixão, ouviu quando a porta foi aberta, mas não ouviu o ruído dela batendo.

"Alguém esqueceu alguma coisa e voltou para buscar. Espero que não demore muito", raciocinou Duda. "Vou esperar aqui até que vá embora."

Agora Duda ouvia latidos dentro da casa.

"Epa! Será que é o..." Dentro do caixão, Duda fez um movimento, como se quisesse sair, mas, reconsiderando: "Não! Vou ficar quietinho aqui dentro. Esses vampiros usam muitos truques para pegar as suas vítimas..."

Permaneceu imóvel, esperando que a "assombração" fosse embora, mas voltou a ouvir passos. O som ecoara no salão.

Quem quer que houvesse entrado na casa estava agora bem próximo dele. Duda segurava a chave de fenda que trouxera consigo como se fosse um punhal. Estava disposto a fazer uso dela, se fosse preciso...

Novos latidos e logo a seguir alguém mandava o cão se calar.

Duda não duvidava mais de quem se tratava...

16

A PROVA ESTÁ NO CAIXÃO

— Como é que é, moleque! — Duda abriu o caixão berrando de felicidade.

Toninho, levando um baita susto, deu um grito tão alto que provavelmente chamou a atenção da vizinhança toda.

Kid Pulga, depois do aparecimento do dono, latia ininterruptamente.

— Quieto, Kid! — ordenou Duda, saindo do caixão para confortar o cãozinho, que só parou de latir quando o dono lhe pôs a mão.

— Você e sua mania de detetive... — desabafou Toninho. — Vai se preparando, porque a sua mãe vai te arrancar o couro.

— Ela sabe que eu vim pra cá?

— Não...

Duda não deixou que Toninho explicasse; saiu correndo em direção à cozinha, seguido por Kid.

Toninho ficou parado, sem entender nada.

A porta dos fundos batia pela segunda vez.

Dois minutos depois, voltava Duda desanimado, Kid vinha logo atrás com a língua pendurada.

— A porta, Toninho...

— Que que tem a porta?

— Estamos trancados nesta porcaria.

— Que nada! Aquela porta abre por dentro; por fora é que ninguém pode abrir — explicou Toninho com total segurança.

— Não aquela porta lá. Você não viu quando entrou? A fechadura tá invertida...

— É?! — espantou-se Toninho, perdendo a segurança anterior. — Droga! Que armadilha, hem!

Duda sentou num banco de madeira, pensativo.

— Você vai ficar aí parado sem fazer nada? — tornou Toninho, nervoso com a passividade de Duda.

— Vamos esperar pela minha mãe... — disse Duda conformado, riscando o chão com a chave de fenda.

— Mas eu não disse que ela estava vindo pra cá, seu burro! Eu falei aquilo porque ela já estava te procurando por todo lado e não te encontrava. Aí, quando percebi, peguei o Kid e ia saindo de mansinho quando topei com ela no portão. Ela estranhou quando me viu e perguntou por que eu não estava jogando bola com você. Aí eu falei que tinha vindo em casa beber água, mas que já tava voltando pra te chamar pra jantar. Aí ela perguntou por que eu estava levando o Kid para isso. Eu fiquei sem saber o que falar...

— Que tal você encurtar a história, Toninho?

— Bom, agora eu estou preso aqui dentro contigo. Pronto para servir de comida para o vampiro assassino.

Duda deu de ombros e continuou a riscar o chão com a chave de fenda...

Kid, como sempre, observava os dois, indiferente a tudo.

— Putz! Como isso aqui é grande! — volveu Toninho, esquecendo por instantes o medo e contemplando o local, admirado. — O que é aquilo? — perguntou, surpreso.

— Nada, é só o caixão do vampiro — respondeu Duda com ironia.

— Quê?!

— Você ficou surdo? É o caixão do vampiro!

— Você já sabia que o caixão dele ficava guardado aqui dentro? — indagou Toninho, voltando a inquietar-se.

— Não, não sabia, mas desconfiava; depois que eles limparam o apartamento, essa casa era a nossa única chance de conseguir alguma pista — explicou Duda, calmo, sem levantar-se do banco de madeira.

— Caramba! Então a gente tem que sair daqui depressa! — disse Toninho num medo crescente.

— Oh! Brilhante dedução — zombou Duda.

— Anda, mané! Você vai ficar aí parado como uma mula?

— Calma, meu irmão — replicou Duda com tranquilidade. — Nada de desespero. Antes de irmos embora, temos que conseguir alguma prova contra o vampiro... Se tivéssemos algumas estacas aqui com a gente...

— Estacas?

— É... Vai me dizer que você não sabe o que são estacas?

Toninho balançou a mão, como que querendo dizer "mais ou menos".

— Podemos levar algum pedaço de madeira daqui mesmo...

— Do que você tá falando agora?

— Do modo como vamos fazer as estacas, Toninho!

— "Vamos?"

— Se você não quiser ajudar, ótimo! Vou fazer tudo sozinho. É até bom contarmos somente com profissionais nesses serviços — finalizou Duda com ar de superioridade.

— A gente tem é que dar o fora! Já passa da hora do jantar.

— Você só pensa em comer? Uma coisa de cada vez. O jantar que espere! Ô Toninho, você veio aqui pra quê? Não foi pra me ajudar?

— Não, foi pra levar você de volta...

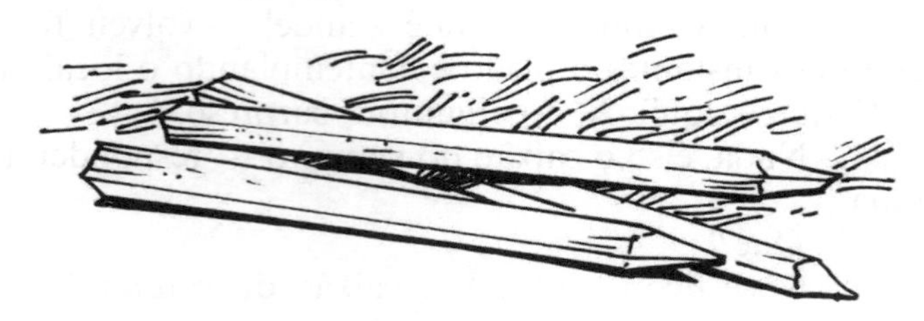

— É? Como? Pode me dizer? Já se esqueceu que nós estamos trancados aqui dentro?

— E o que você quer que a gente faça, que fiquemos esperando pela volta do vampiro pra ele soltar a gente? — observou Toninho, irônico. — Vamos arrombar a porta, ué!

— Não antes de eu achar alguma prova...

Duda começou a procurar entre as coisas algum vestígio do vampiro.

Toninho aproximou-se do caixão, receoso, e disse:

— Se é uma prova contra o vampiro que você está procurando, o melhor lugar pra encontrar é este aqui...

Quando ele se preparava para abrir o caixão, Duda gritou:

— Não abra isso!

Com o grito, Toninho deteve-se.

— Eu não ia abrir — defendeu-se —, eu só ia pôr a mão. Assim...

— Não!!!

Toninho estacou.

— É melhor não — tornou a prevenir Duda, com a respiração pesada.

— Por quê, ele está aqui dentro?

— Claro que não! Se estivesse, ele não ia ficar escondido ouvindo a nossa voz sem fazer nada — respondeu Duda, iniciando nova demonstração de seu conhecimento. — Eu já não expliquei a você que ele age de noite para caçar suas vítimas?

Toninho limitou-se a confirmar com a cabeça.

— Então. Ele está perambulando por aí — completou Duda.

— Então digo eu! — retrucou Toninho, perdendo a paciência. — Então por que a gente não aproveita essa sorte e não caímos fora?

— Ainda não — volveu Duda, lacônico.

E continuou a vasculhar a oficina, tentando achar as tais provas...

Toninho, imóvel, olhava tudo à sua volta, desconfiado e temeroso.

— Duda, acho bom a gente dar no pé logo, antes que seja tarde — disse Toninho em tom de aviso.

Duda, indo até o banheiro, começou a remexer as tralhas espalhadas por lá e descobriu um pequeno baú prateado. Encheu-se de alegria e pavor ao mesmo tempo.

Como se estivesse hipnotizado, segurou o baú com as duas mãos e foi andando em direção a Toninho, sem tirar os olhos do objeto.

— Se nós vacilarmos, vamos... acabar... entrando... pelo cano... — Toninho calou a boca. Olhava para o baú cheio de curiosidade, ainda que não soubesse do que se tratava.

Duda parou na frente do amigo e arrematou:

— Agora, sim, Toninho. Agora podemos ir embora. Esse é o baú onde o criado do vampiro guardava as cinzas do seu mestre.

— Caramba! Está manchado de sangue!

— Claro que está! Para o criado do vampiro despejar o sangue da vítima dentro desse buraco não deve ter sido nada fácil...

— Ué, ele podia ter despejado as cinzas no chão. Ficava mais fácil...

Enquanto os dois discutiam a forma pela qual teria sido feita a ressurreição do vampiro, Kid ouviu alguma coisa fora da casa e latiu.

O ruído vinha dos fundos.

Todos se calaram.

17

POR UM TRIZ

— Rápido, Toninho! Ali atrás...

Esconderam-se atrás de uma pilha de tábuas. Toninho carregava Kid no colo, e Duda segurava o pequeno baú prateado.

O criado do vampiro entrou na casa e seguiu direto para o caixão negro. Ele trajava o mesmo terno preto de sempre.

Deu uma ajeitadinha no imenso objeto, como se quisesse tirá-lo dos cavaletes. Logo depois, chegava Paco.

Como se estivesse hipnotizado,
Duda segurou o baú com as duas mãos.

Em silêncio, cada homem segurou numa das extremidades do caixão e, juntos, transportaram-no sem dificuldades. Ele estava realmente vazio, como Duda previra.

Duda observava tudo através de uma frestinha entre as tábuas.

— Eles levaram o caixão, Toninho — sussurrou para o amigo, narrando a cena.

— Eles quem? — indagou Toninho, curioso e excitado ao mesmo tempo.

— O criado do vampiro e aquele ajudante dele — disse Duda, ainda de olho na saída do grande salão. — O vampiro deve ter prometido vida eterna para os dois. É assim que ele faz para convencer as pessoas a ajudar, sabia? Depois que os idiotas realizam todos os desejos dele, se danam. Aí vão ficar uma eternidade esperando pela vida eterna... — finalizou em tom profético.

— Amém — completou Toninho, fazendo o sinal da cruz.

Duda calou-se, pois o criado do vampiro acabava de entrar novamente na casa.

Aproximou-se do lugar onde estivera o caixão e olhou em volta para certificar-se de que não havia esquecido nada; depois, começou a examinar todo o salão. Subitamente, despertou:

— As luzes não estavam acesas hoje de manhã... Eu apaguei quando saí...

Dirigiu-se para o interruptor e desligou a luz; porém, quando se preparava para sair, Kid latiu.

O criado do vampiro parou instantaneamente na soleira da porta, voltou a acender a luz, virou-se e tentou localizar a origem do latido.

Puxou o canivete portátil, que retirou do bolso do paletó preto, e vasculhou o salão à procura do cão atrevido que havia invadido a sua oficina.

Toninho tapava a boca de Kid para que ele não voltasse a latir, enquanto o animal se debatia para livrar-se da mão do garoto. Duda, assistindo a tudo, suava frio...

— Onde está o vira-lata miserável que invadiu a minha oficina? — praguejou o homem, rosnando de raiva.

Era um homem esquentado, o criado do vampiro.

— Que que foi, patrão? — perguntou Paco, chegando ao salão.

— Algum vira-lata do bairro entrou aqui e vai acabar emporcalhando a oficina toda. Depois, ninguém vai aguentar trabalhar aqui com o fedor.

— Vamos embora que estamos atrasados, patrão — observou Paco, sem ligar para a implicância do chefe.

— Deixe estar, seu cão danado! A partir de amanhã, as imundícies desse mundo não vão me chatear mais...

Foram saindo. O criado do vampiro, gargalhando sinistramente.

Bateu a porta dos fundos e passou a chave.

Os meninos permaneceram quietos até ouvirem o barulho do carro se afastando.

— Vamos, Toninho, vamos tentar fugir daqui agora — disse Duda resoluto, saindo do esconderijo. — Eu acho que eles devem estar preparando algum plano diabólico...

— É? — retrucou Toninho, mecanicamente, sem entender aonde Duda queria chegar com aquelas palavras.

— Mas é claro! Você não notou pelas palavras dele? Se eles levaram o caixão do mestre deles daqui, boa coisa não é.

— Será?

— Pode ter certeza... Vamos, Toninho, temos que correr contra o relógio. — E encaminhou-se para a porta dos fundos da casa.

Toninho também saiu do esconderijo, acompanhando-o. Libertou Kid, que se sacudiu e começou a se coçar todo.

— Vampiro usa relógio? — perguntou Toninho, intrigado.

— O quê? — Duda cutucava a fechadura com a chave de fenda, mas esta não cedia.

— Ué, se vamos correr contra o relógio, só pode ser o relógio do vampiro!

— Não é nada disso, Toninho! O que eu quero dizer é que eles estão levando vantagem em relação à gente; estão trabalhando rápido e nós temos que reagir.

Toninho ergueu as sobrancelhas, como se tivesse entendido. Ele observava com desdém a tentativa do companheiro de arrombar a fechadura.

Duda, olhando para o amigo, que esboçava um sorriso maroto, disse:

— Você vai ficar aí me olhando com essa cara de pateta?

Muito dono da situação, Toninho rebateu:

— Por que você não tenta com um pé de cabra? É o troço ideal pra isso.

— Pé de cabra? — indagou Duda, admirado.

Toninho foi até um dos armários da cozinha e trouxe um enorme pé de cabra para apresentar ao amigo.

Dito e feito. Bastou forçar um pouco a fechadura para que ela cedesse.

Duda olhava despeitado para Toninho, que se divertia com o xeque-mate aplicado no amigo.

Assim, uma vez aberta a porta, os três ganharam a rua e voltaram para casa.

18

VOVÓ DALILA!

Duda e Toninho chegaram em casa atrasados para o jantar, mas ainda em tempo de pegar a sobremesa: a bronca de dona Amanda.

Os dois entraram em casa e deram de cara com ela, que desviou os olhos da televisão e os fitou, séria.

— Oi, mãe, a comida tá quente? — perguntou Duda, encaminhando-se para a cozinha, seguido por Toninho.

— Ah! Agora o "barão" resolveu aparecer para jantar? — replicou ela com ironia. — Onde você estava?

— Jogando bola — mentiu Duda.

— Onde? — quis saber dona Amanda.

— Aqui em frente, ora.

— Duda, não minta pra mim. Você sabe que eu detesto isso. Eu procurei por você e não te encontrei.

Duda tentava ludibriá-la, mas, obviamente, não estava conseguindo.

— É uma história um pouquinho longa...

— Eu já imaginava — volveu dona Amanda, cortante. — Vão comer, andem.

Dona Amanda já estava acostumada aos constantes atrasos de Duda para as refeições.

Os meninos entraram na cozinha. Dois minutos depois, Duda chegava à sala com um prato repleto. Toninho ficou na copa mesmo e começou a devorar a comida.

— Pode voltar, Duda — disse dona Amanda com autoridade. — Você está cansado de saber que eu não gosto que ninguém coma aqui na sala.

— Eu sei, mãe, mas é que eu preciso ver o telejornal...

— Então pode ir lá para dentro comer sossegado; o jornal já acabou — retrucou ela friamente.

— Que horas são? — perguntou Duda.

— Vinte para as nove, doutor — informou dona Amanda, ainda no mesmo tom.

— No outro canal tem um começando agora...

— E desde quando você se interessa pelas notícias, menino?

Duda, mudando a televisão de canal, respondeu:

— A professora de Estudos Sociais mandou a gente fazer um trabalho baseado nos telejornais...

Em seguida, sentou-se no sofá e começou a mastigação.

O locutor anunciava:

"O caso do vampiro do Rio... Em dois dias de investigações, a polícia ainda não conseguiu nenhuma pista sobre o crime do bairro de Fátima. Embora os jornais cariocas fizessem alarde sobre o acontecimento, até o momento só foi encontrada uma vítima..."

— Uma só, uma ova! Eles não estão contando com aquela do apartamento...

Toninho parou de comer e veio ouvir a notícia.

Dona Amanda não entendia a indignação do filho:

— Que que foi, Duda?

Ele, percebendo a mancada, calou-se e voltou para a copa para terminar seu jantar ao lado de Toninho.

Dona Amanda, sem desconfiar do que tanto afligia o filho, preveniu:

— Você anda vendo muita televisão, Duda. E acho que deveria evitar ler tantas histórias de detetive como você faz...

Duda não deu atenção ao conselho da mãe. Na copa, ele planejava com Toninho uma estratégia para pegar o vampiro:

— O vampiro continua fazendo vítimas e ninguém está se dando conta disso. A gente tem que fazer alguma coisa.

— É, a situação tá feia... E o Ferretti? — perguntou Toninho, lembrando-se dos policiais.

— Sei lá do Ferretti! — respondeu Duda com irritação. — Não vamos nos preocupar com ele. Esses policiais usam uns métodos lentos demais pro meu gosto. Até eles conseguirem alguma pista concreta, a cidade toda já virou um bando de vampiros.

— Caramba, Duda, então a gente tem que agir por nossa conta!

— Calma! Tô tentando colocar as ideias em ordem...

— Por que a gente não vai lá na funerária tentar alguma jogada? — sugeriu Toninho.

— É? E qual é o endereço? Você sabe? Eu não sei.

— Nós temos o nome...

— O nome... Ei, peraí! — exclamou Duda despertando. — O nome! Claro! Por que não lembramos disso antes?

— Eu lembrei agora, ué!

— Vamos procurar nas Páginas Amarelas! Só deve ter uma funerária Além da Vida na cidade.

Duda pegou o catálogo telefônico e começou a procurar a seção de serviços funerários. Após alguns minutos de busca, finalmente encontrou o que queria:

— Aqui, Toninho! Agora só dependemos de nós mesmos.

— É, só tem um probleminha...

— Que que tem?

— Como nós vamos até lá? — perguntou Toninho, em dúvida.

— Como nós vamos até lá... — repetiu Duda, enquanto formulava algum raciocínio coerente. — Como todo mundo vai, de ônibus.

— Com que dinheiro? Nós íamos ter que pedir à sua mãe ou à minha. Aí elas iam querer saber aonde a gente vai... Bom, aí você já sabe o resto...

— Então vamos de táxi! — falou Duda, automaticamente, sem refletir.

— Ia ser pior, bobalhão — rebateu o amigo, crítico.

— Pô, Toninho, deixa de ser estraga-prazeres!

— Você é que sonha demais, mané!

— Voltamos à estaca zero — tornou Duda, desanimado.

— A menos que nós tivéssemos alguém de confiança. Pensa bem, Duda...

Duda pôs-se a refletir; subitamente, sua memória explodiu:

— É isso mesmo, Toninho! Vovó Dalila!

19

A PASSAGEM SECRETA

— Ih, Duda, o Toninho ficou uma fera por você não ter deixado ele vir com a gente — observou dona Dalila, enquanto pilotava seu belíssimo Puma vermelho conversível.

— Não sei por quê! Ele não tem nenhuma experiência nesses assuntos e fica logo com medo. E, além do mais, alguém tinha de ficar na retaguarda embromando a minha mãe, no caso de ela querer saber onde eu estou...

— E você, tem experiência com vampiros?

Duda sorriu levemente, sem responder.

— Ai, Duda, você me diverte! Sua mãe também vai me odiar se descobrir que eu ajudei você — volveu ela com um sorriso maroto.

Dona Dalila era uma senhora de 50 anos, alegre e esportiva, com um gosto especial por carros de corrida. O oposto da filha, Amanda, que às vezes fazia mais o papel de mãe.

— Chegamos. A rua é esta.

— Cadê a loja? — perguntou Duda, ansioso.

— Logo descobriremos. Deixa eu estacionar aqui nesta vaga mesmo. É muito difícil conseguir um lugar na cidade.

Duda saiu do carro e ficou orientando a avó, que, com alguma dificuldade, tentava encaixar o pequeno carro num imenso espaço.

— Deixe-me ver o número — pediu dona Dalila, saindo do carro e estendendo a mão para o neto, que lhe passou o pequeno pedaço de papel.

Os dois caminharam pela rua e rapidamente dona Dalila avistava a discreta fachada da loja.

— Funerária Além da Vida. É ali, Duda. Está vendo uns caixões na entrada? — disse dona Dalila, encaminhando-se com o neto para a loja.

— Não esquece, hem, vó! O sujeito vai tratar a senhora com muito respeito e, enquanto você o distrai, eu vou fazendo as minhas investigações...

— Como você tem tanta certeza que o rapaz vai me tratar com educação?

— Ora, vovó, ele é vendedor; e, além disso, é assim que os vilões fazem nos filmes.

— E se nós dermos de cara com o vampiro? — perguntou dona Dalila, assustada, acreditando na história do neto.

— Ele não é trouxa de aparecer em público. Fica fria, vó.

Entraram na loja.

Dona Dalila começou a fingir que estava interessada nos caixões, e assim foi andando pela funerária.

Duda, ao contrário da avó, não tinha a mínima discrição; observava tudo sob os olhos do criado do vampiro, que o vigiava continuamente.

Por fim, ele aproximou-se de dona Dalila e cumpriu todo o ritual do bom vendedor:

— Bom dia, senhora. Em que posso servi-la?

Apesar da tentativa de ser gentil, dona Dalila pôde perceber que a simpatia não era uma das virtudes do homem.

— Bom dia. Eu estou procurando um caixão...

— Para quê? — disse o criado do vampiro, automaticamente.

— Para nada — respondeu dona Dalila, traída pelo nervosismo. — Hã... quer dizer, como? — indagou ela, tentando retomar a conversa.

— Desculpe-me, senhora. Na verdade, a minha pergunta não foi adequada. É evidente que a senhora procura um caixão para alguém, não é mesmo?

— Não... — disse ela, hesitante.

O criado do vampiro espantou-se.

Então, ela murmurou:

— É... é para minha irmã, coitada. Faleceu há um mês...

— Há um mês! — estranhou ele.

O criado do vampiro indicou uma cadeira para dona Dalila, em frente a uma pequena escrivaninha, e em seguida também se sentou.

Sua dúvida, porém, não se dissipara:

— Sua irmã morreu há um mês e a senhora ainda não a enterrou?

— De certa forma, sim — continuou ela —, pois há coisa de um mês ela entrou em coma quando caiu no banheiro...

— Ela entrou em coma quando caiu no banheiro... — repetiu o homem, estranhando a história.

— Ela não caiu simplesmente; ela pisou no sabonete...

— O quê?!

Enquanto dona Dalila tentava distrair o criado do vampiro com aquela conversa sem sentido, Duda xereteava por todo lado à procura de alguma coisa que pudesse incriminar o homem que, segundo ele, camuflava suas atividades demoníacas disfarçando-se de agente funerário.

O criado do vampiro mantinha Duda sob vigilância, mesmo conversando com dona Dalila.

— Pois é — insistia ela —, minha irmã estava tomando banho calmamente, quando pisou no sabonete e escorregou...

— Ah! Ela caiu no banheiro, bateu com a cabeça e por isso entrou em estado de coma...

— Pois é, bateu com a cabeça na borda da banheira, teve uma hemorragia interna. Parece que um dos vasos sanitá... digo, sanguíneos do cérebro rompeu-se. Segundo o médico, a situação piorou e aí...

— Já entendi — disse ele, compreensivo. — Não precisa continuar a me contar tão terrível tragédia, minha senhora, eu compreendo que essa história deve deixá-la transtornada... Bom, já que ela vai morrer com certeza, eu vou lhe mostrar uma coisa...

O agente funerário tirou um livro preto de uma das gavetas da escrivaninha e, quando ia passá-lo a dona Dalila, viu Duda abrindo o velho armário que ficava no fundo da loja com documentos e outras papeladas.

— Ei, garoto! Não pode mexer aí, não! — falou ele em tom severo.

— Duda! Não seja metido, menino! — reforçou dona Dalila, tentando disfarçar. — Saia já daí!

Duda saiu do armário e foi sentar-se num banco de madeira que ficava em frente a uma paisagem pintada na parede. Ficou admirando a pintura.

— O senhor me desculpe — disse dona Dalila —, eu não queria trazê-lo, mas não tinha com quem deixar...

— Não tem problema, crianças são assim mesmo — retrucou ele com falsa compreensão. — Voltemos aos caixões...

— Pois não — concordou dona Dalila.

O criado do vampiro abriu o livro preto mais ou menos no meio e colocou-o ao alcance dela. Havia vários tipos de caixões desenhados.

Dona Dalila folheou o livro como se estivesse realmente interessada em comprar algum.

Duda levantou-se do banco de madeira e começou a examinar a parede pintada, que ia desde o teto até o rodapé.

O criado do vampiro, inquieto, olhava constantemente para trás, a fim de vigiar o garoto.

Duda continuava a examinar a parede. Passava o dedo indicador direito pela pintura como se tivesse percebido algo.

A mulher escolheu aleatoriamente um dos caixões do mostruário e indicou o modelo ao agente funerário, que estava cada vez mais preocupado com a investigação de Duda.

Dona Dalila, percebendo a excitação dele, tratou de agir...

— Eu gostei muito deste modelo aqui — disse ela, como se estivesse escolhendo um vestido novo e não um caixão, tal o entusiasmo.

— Sei... — disse o criado do vampiro, profundamente incomodado com Duda. — Olha, minha senhora, não vou enganá-la, este modelo que a senhora escolheu é um dos mais caros. A senhora pode ter uma noção de como ele ficará depois de pronto pelo desenho. Repare como ele é todo trabalhado manualmente. É um trabalho de artista!

— É muito caro, é? — perguntou ela, representando um desânimo digno de uma grande atriz.

— Depende. Qual é a altura da sua irmã?

Enquanto dona Dalila folheava o livro como se realmente estivesse interessada em comprar um caixão, Duda continuava a examinar a parede.

— Mais ou menos a mesma que a minha — volveu dona Dalila, levantando-se e fazendo um estardalhaço proposital.

Nesse momento, Duda acabava de achar uma passagem secreta na parede pintada. Mas, quando se preparava para abrir a porta, o homem se levantou e disparou para lá, fumegando.

— Feche isso, garoto!

Duda pulou para trás, assustado.

— Que que tem ali?

O criado do vampiro postou-se à frente da porta secreta.

— Não tem nada, garoto — disse ele, ofegante.

— Então por que o senhor não deixa a gente ver?

— Minha senhora, quer fazer o favor de pedir ao seu neto para não ficar bisbilhotando, quer?

— Duda! Não faça isso, menino! Venha sentar-se aqui do meu lado — ela continuava a fingir.

— Vó, aqui tem uma passagem secreta! — falou Duda com falsa ingenuidade.

— Que passagem secreta o quê! — gritou o criado do vampiro, tentando abafar o assunto.

Ele tirou uma chave do bolso do velho paletó preto e fechou a tal porta com ela. A fechadura estava muito bem camuflada pela pintura.

— Assim ninguém pode trabalhar em paz! — praguejou o homem.

Duda foi para junto da avó.

Quando o criado do vampiro voltava para seu lugar a fim de continuar o negócio, dona Dalila, levantando-se, sugeriu:

— Vamos fazer uma coisa, moço. Podemos deixar para resolver isto amanhã, na parte da tarde; eu virei sozinha e então nós acertaremos tudo com detalhes, correto?

— Como a senhora quiser. Mas eu pensei que sua irmã precisasse do caixão logo...

— Não. Ela pode esperar até amanhã — disse dona Dalila, convincente.

— Bem, faça como a senhora achar melhor.

— Está bem. Então amanhã, na parte da tarde, eu venho. É melhor. Meu neto vai estar na escola e assim não importunará.

— Tudo bem. Eu estarei aqui. A senhora me desculpe, mas é que eu não tenho paciência com crianças; não estou acostumado com elas.

— Eu é que peço desculpas ao senhor.

— Nem pense nisso. O problema é comigo mesmo. Às vezes eu penso que já nasci deste tamanho.

— Então até amanhã, seu...

Dona Dalila estendeu a mão, mas ele não retribuiu, confirmando a impressão que ela havia tido dele no início.

O criado do vampiro não disse mais nada, nem os cumprimentou.

Dona Dalila e Duda saíram da loja.

— Não tem paciência com crianças, hem! — murmurou Duda. — Só quer o sangue delas para o mestre, né?

Os dois foram caminhando em sentido contrário ao do tráfego, até chegarem onde estava estacionado o Puma conversível.

— Viu como o cara tem culpa no cartório, vó? — comentou Duda, entrando no carro.

— Você tem razão — retrucou dona Dalila, com a atenção voltada para o trânsito. — Ele ficou nervoso quando você descobriu aquela passagem secreta na parede! Ali deve ter alguma coisa muito importante, meu filho...

— Eu acho que o caixão do vampiro está escondido lá dentro. Que que você acha?

— E o que mais poderia ser?

— É por isso que devemos voltar pra investigar...

— Ah, não, Duda! Eu não aconselharia você a se intrometer nisso. Agora é que seria a hora de convocar o Ferretti e o Elias. Eu poderia testemunhar que a atitude do homem da funerária foi muito suspeita diante daquela passagem secreta, mas eu não gostaria de ver você metido em confusão. Sua mãe me mataria!

— Por que você não quer me ajudar, vó?

— Não, Duda, amanhã eu viajo para Goiânia; vou acompanhar todos os movimentos da próxima etapa do Campeonato Brasileiro de Fórmula 3. Você promete pra mim que não vai se meter em confusões?

Duda, colocando a mão direita para trás do banco e cruzando os dedos, disse cinicamente:

— Palavra de escoteiro.

Dona Dalila e Duda continuaram o trajeto de volta.

20

ERA UMA VEZ UMA ALMA PENADA

Um dia depois do incidente na funerária, Toninho, durante o recreio na escola, jogava bafo-bafo com os colegas de turma. Estranhamente, Duda não estava presente. Ele ficara na sala de aula confabulando com sua consciência algum plano mirabolante para a próxima investida contra o vampiro.

— Que que foi, Duda? Você tá doente? — perguntou uma de suas colegas de classe.

Duda era muito querido pelas meninas, que disputavam sua atenção de diversas formas.

Depois de passar algum tempo rabiscando figuras sem sentido no caderno, levantou-se e saiu da sala. Passeando pelo pátio do colégio, viu Toninho no meio dos outros garotos. Tirou--o da roda para falar-lhe.

— Peraí, Duda, logo agora que eu tava ganhando.

— Só vim avisar que vai ser hoje à noite, entendeu?

— Entendi — respondeu Toninho mecanicamente, já voltando para o grupo. Parou de repente. — Vai ser hoje à noite o quê? — indagou, virando-se para Duda.

— Eu não te falei que nós íamos fazer uma visitinha ao vampiro, Toninho?

Toninho foi saindo de fininho, sem dizer nada. Duda segurou-o pelo braço:

— Ouviu, moleque?

— Não. O que você falou entrou por um ouvido e saiu por outro...

— Pois eu acho bom os seus ouvidos guardarem bem o que eu vou dizer: nós vamos lá na funerária depois da aula!

— Ah, é? Como é que nós vamos lá na funerária depois da aula? Sua mãe deixou? — Duda fez que não com a cabeça. — Por um acaso sua vó vai levar a gente lá de novo? — Duda voltou a negar. — Então nós não vamos na funerária...

— Você não reparou que o lanche veio caprichado hoje? — perguntou Duda, enigmático.

— Claro! Eu já devorei ele todinho — respondeu Toninho, com uma careta que significava que ele estava empanturrado.

— Azar o seu, porque hoje nós vamos ficar depois da hora para jogar bola e aí você vai sentir fome — sentenciou o garoto.

— Mas nós não avisamos...

— Eu avisei a minha mãe, sim, garotão! — esclareceu Duda. — Fica frio, a sua mãe também já sabe.

— Acontece que o time, por acaso, não vai jogar hoje! — retrucou Toninho, mal-humorado.

— Mas acontece, também, que nós não vamos precisar deles, espertinho — replicou Duda no mesmo tom.

— Como?

— É isso mesmo. Nós vamos aproveitar a desculpa do jogo pra ir lá na funerária investigar...

— Você não fez isso... — comentou Toninho, espantado.

— Fiz e já está tudo arranjado — disse Duda.

— E como é que nós vamos chegar lá? — perguntou Toninho, ignorando que o amigo havia planejado tudo muito bem.

— Deixe comigo! Eu tenho o endereço! É só a gente pegar um táxi aqui na esquina. Simples, né?

— Simples! — Toninho tentava ridicularizar o amigo, imitando seu jeito de falar. — Mas imagina se a sua mãe liga para cá para saber se nós estamos jogando bola mesmo e alguém diz que nós fomos embora, como é que vai ser?

— Isso não vai acontecer — retrucou Duda, seguro de si. — Eu disse a ela que o telefone da escola estava quebrado e não ia adiantar tentar ligar pra cá.

— E se ela quiser confirmar? — replicou Toninho, querendo pegar Duda em contradição.

— Eu tô dizendo que ela não vai ligar.

Duda realmente parecia dominar a situação, e o fato de Toninho ser dotado de incrível senso prático não era suficiente para desmontar o planejamento do amigo.

Toninho, ainda desconfiado, perguntou:

— Como é que você tem tanta certeza disso?

— Digamos que se trata de intuição de investigador...

— Quê?!

— Ela tem um motivo muito forte para não ligar para cá...

— Qual? Por acaso ela confia em você? — indagou Toninho, irônico.

— Muito pelo contrário! Só que ela não se dá com a secretária do colégio. As duas já discutiram uma vez, por isso eu tenho tanta certeza. Ela vai preferir mil vezes confiar em mim. Minha mãe é muito orgulhosa, Toninho! E como nós jogamos bola de vez em quando mesmo, ela não vai duvidar da minha palavra.

— Certo, gênio, mas temos outro probleminha. Com que dinheiro nós vamos pagar o táxi?

— Você não sabe que eu tenho uma caixinha de economias para emergências?

Toninho confirmou com a cabeça.

— Então — continuou Duda —, chegou a hora de abrir o cofrinho.

— E quem te falou que eu vou concordar com essa história?

— E aquele vaso da minha mãe que você quebrou na semana passada, lembra? Eu dei um sumiço nele para ela esquecer...

— Se você deu um sumiço nele, ela não vai acreditar em você.

— E se eu mostrar os pedacinhos que guardei? Será que ela não vai reconhecer o próprio vaso?

— Pô, Duda, isso não se faz...

Toninho afastou-se espumando de raiva. Duda havia lhe preparado uma arapuca, e agora teria que ajudar no caso do vampiro.

Duda dirigiu-se à sala de aula.

Quando Toninho se preparava para recomeçar o jogo, soou a sineta indicando o final do recreio, e ele voltou à aula mais furioso que nunca. Motivo: fora obrigado a repor todas as figurinhas que conquistara por ter desistido do jogo antes que o sinal tocasse. A molecada tinha certas regras que não podiam ser desrespeitadas.

Fim de aula. O tumulto das crianças saindo das salas parecia não ter fim. No meio do bolo, Duda e Toninho caminhavam juntos.

Quando passavam pela cozinha da escola, Toninho parou e disse:

— Aguenta aí um instante só que eu vou lá dentro e já volto.

Toninho entrou na cozinha.

— Vamos — falou ele, retornando dois minutos depois.

— Que que você foi fazer lá dentro? — indagou Duda, curioso.

— Nada, não; fui dar um recado da minha mãe para a Maria.

— Ela não pode ver a gente saindo... — comentou Duda, preocupado.

— Ela não vai ver nada. Está ocupada lá com o trabalho dela. Vamos nessa...

Maria, a cozinheira da escola, era muito amiga de Neusa, mas isso não indicava nenhuma solução para aquele mistério.

Os dois garotos foram até a esquina da rua da escola e tomaram um táxi.

Durante a viagem, em que os dois pensavam cada qual numa coisa, Toninho, estourando de curiosidade, perguntou:

— Você quer me contar como nós vamos entrar naquela porcaria de funerária?

— Quieto, Toninho, o motorista pode ouvir! — e continuou, baixinho: — É lógico que nós não vamos poder entrar pela frente da loja, como qualquer freguês, porque ela já vai estar fechada quando a gente chegar lá. Mas, mesmo que não estivesse, a gente não ia poder encarar o criado do vampiro com a maior cara de pau e dizer a ele que nós estávamos ali para matar o mestre dele... O que nós vamos fazer é estudar as possibilidades de entrar com a loja fechada, o que vai ser muito mais difícil. Pra isso, vamos ter que examinar o lugar com cuidado...

— Muito bem, gênio — ironizou Toninho —, e o que você leva nessa mochila aí?

Duda retirou alguns pedaços de madeira afiados numa das pontas como punhais e os mostrou rapidamente a Toninho, depois voltou a guardá-los.

— E o que a gente vai fazer com isso, Duda?

— Tá na cara, Toninho! Esses paus aqui são as tais estacas. Você só consegue matar um vampiro enterrando uma estaca dessas no peito dele. Há outras maneiras, claro, mas essa é a mais simples. Você o surpreende quando ele estiver dormindo, encosta a ponta afiada no peito dele e dá uma paulada com bastante força para enterrar bem fundo. Aí, enterrando a estaca, adeus vampiro. Era uma vez uma alma penada. Na hora você vai ver como se faz...

Mal acabou de dar sua explicação técnica, o táxi chegou ao local. Os dois matadores de vampiros saíram do carro e seguiram para seu destino: a funerária.

21

OS GATOS JUSTICEIROS

O táxi estacionara bem em frente à loja. Já havia anoitecido quando os dois garotos chegaram lá. Como Duda previra, o lugar estava fechado e não parecia haver mais ninguém em seu interior.

Duda pagou o motorista e saiu do carro, seguido por Toninho.

— Funerária Além da Vida — disse Toninho, lendo o letreiro da loja. — É aqui?

Duda não respondeu à pergunta demasiadamente óbvia.

— Ainda sobrou esse dinheirinho pra gente voltar de ônibus — disse Duda, satisfeito.

— E desde quando você sabe ir embora de ônibus daqui? — perguntou Toninho, preocupado.

— A gente dá um jeito de descobrir. Quem tem boca vai a Ramos...

— Eu acho que você errou o lugar, Duda.

— Ah! Deixa pra lá. Bem, vamos ver... Eu acho melhor a gente dar uma volta pelo quarteirão para tentar descobrir os fundos da loja — sugeriu Duda, ligeiramente autoritário.

— Então vamos... — concordou Toninho, reticente.

E foram os dois.

Viraram na esquina da rua da funerária, tomando a primeira transversal à direita, e viraram novamente à direita, pegando a rua paralela, que ficava atrás do prédio.

Pararam num determinado ponto.

— Será que a loja é mais ou menos nessa direção? — Duda perguntou a Toninho.

— Não sei — respondeu Toninho dando de ombros —, como a gente vai saber? Só se tivéssemos um helicóptero!

— Boa ideia!

— Não vai me dizer que você vai tentar roubar algum helicóptero pra esta missão? — indagou Toninho, apreensivo.

— Claro que não, paspalho! — respondeu Duda, áspero. — Só há uma forma de a gente descobrir onde estão os fundos da loja, e essa forma é subindo no telhado.

— Eu e minha boca grande... — murmurou Toninho, arrependido.

Duda resolveu escalar o muro de uma casa, e para isso se valeu de um tronco de madeira encontrado naquela rua bastante arborizada.

— Essa não! — tornou Toninho, nervoso. — Agora vamos agir como dois gatunos?

— Acho bom você ficar quietinho — advertiu-o Duda do alto do muro —, senão isso vai acabar atrapalhando nossa missão. Não vamos andar no telhado como dois gatunos, e sim como dois gatos justiceiros. Estamos trabalhando para livrar nossa cidade do mais terrível carniceiro que apareceu por estas bandas — concluiu o garoto, antes de começar a engatinhar no telhado.

Toninho tentava subir no muro com a ajuda do mesmo tronco utilizado por Duda, porém com menor habilidade.

— Os gatos não têm a mesma dificuldade que eu — resmungou.

Ao chegar ao alto do muro, Duda, que havia subido primeiro, avançara um pouco mais para investigar melhor o terreno.

Quando Toninho ia tentar seguir pelo telhado, pisou numa telha quebrada, abandonada na laje, e isso foi suficiente para chamar a atenção do enorme pastor-alemão que vivia na casa embaixo.

— Quieto, cachorro! — Toninho tentava acalmar o cão, mas isso só o deixava mais irritado.

Temendo ser mordido, ele saiu correndo pelo telhado, fazendo um verdadeiro estrago nas telhas dos vizinhos, até se juntar a Duda.

— Quer parar de fazer barulho, Toninho! — chiou Duda.

— O que você queria, que eu deixasse o cachorrão arrancar os dedos do meu pé?

— Nossa sorte é que os vizinhos devem estar acostumados com gatos pulando no telhado deles...

— Mas não com gatos deste tamanho — retrucou Toninho, fazendo piada, porém assustado.

— Olha, deve ser aquela casa ali.

— Como você sabe?

— Pela padaria. Tem uma padaria bem em frente à funerária, olha lá! Eu tinha reparado nela quando estive aqui ontem.

— Putz! Uma padaria perto de uma funerária? Que gosto!

— Que que tem? É coisa de português, Toninho! — observou Duda seriamente. — Na certa o dono, seu Manoel, deve ter pensado que o defunto, antes de passar desta para melhor, ia tomar um cafezinho lá...

Os dois estavam sobre o telhado da funerária.

— Tá vendo ali? Tem uma varandinha — observou Duda, apontando o lugar. — Aquela deve ser a entrada dos fundos, que dá pro salão secreto.

— Que salão secreto? — perguntou Toninho, completamente desligado.

— O salão secreto que o criado do vampiro não me deixou ver, já esqueceu?

— Ah, é. Que cabeça a minha...

— Vamos nessa, Toninho. Não é muito alto, dá pra pular numa boa.

— E a volta, Duda? É isso que me preocupa.

— Não pense na volta, pense na ida; mesmo porque não sabemos se vamos voltar...

— Eu ligo mais tarde pra saber se tá tudo bem...

Toninho ia fugindo, quando Duda segurou-o pelo tornozelo e falou:

— Nossa sorte é que os vizinhos devem estar acostumados com gatos pulando no telhado deles... — comentou Duda.

— Para de ser medroso, moleque! Se tudo correr bem, a gente vai sair nas manchetes de todos os jornais como os salvadores da pátria!

— E se as coisas não correrem tão bem? — indagou Toninho, desconfiando mais uma vez da resposta.

— Bem, aí reze bastante, porque a gente pode acabar ficando num daqueles caixões em que andamos nos escondendo.

Dito isso, Duda caminhou cuidadosamente pelo resto de telhado que faltava e pulou sem maiores dificuldades.

Toninho ficou no alto, imóvel, hesitando, o que obrigou Duda a dar um grito imprudente. Toninho, apesar do medo, acabou pulando.

Já na varandinha, Duda abriu sua mochila e tirou de dentro uma enorme cruz de madeira, que deu a Toninho, dizendo:

— Fica segurando isso.

— Ih, Duda, minha mãe sempre me disse que a gente não deve brincar com as coisas dos santos.

Sem tomar conhecimento das palavras do amigo, Duda retirou da mochila dois colares de alho e passou um deles para Toninho.

— Coloca isso em volta do pescoço.

E colocou o outro nele mesmo.

— Duda, minha mãe também me diz que a gente não deve nunca debochar de macumba.

— Deixe de ser bunda-mole, Toninho! Isso pode salvar a sua vida, sabia?

— Ei, Duda, me responde um negócio...

— Que é?

— Nós vamos topar com o vampiro?

— Acho que não. Se ele já foi ressuscitado pelo criado, deve estar atrás das vítimas dele.

— Então pra que esses trecos?

— Porque corremos o risco de encontrar alguma pessoa transformada em vampiro pela mordida dele, aí estaremos superprotegidos.

— Se você diz...

Uma vez estando "vestidos" adequadamente, Duda perguntou:

— Tudo pronto?

— É, né... — respondeu Toninho, trêmulo. — Será que a porta está trancada?

Duda, girando a maçaneta, abriu-a.
— Isso responde sua pergunta.
Os dois estavam dentro da câmara secreta do vampiro. O que iria acontecer ninguém podia prever...

22

QUE CHEIRO TEM A MORTE?

Os dois caminharam na escuridão. A noite escura e a rua mal iluminada em nada favoreciam a investigação daquela sala misteriosa.

Pararam enquanto Duda pensava em algo.

Toninho sugeriu:

— Por que não acendemos uma vela?

— Você tem alguma aí?

Toninho fez que não com a cabeça, sem dizer nada.

— Não ouvi — volveu Duda após pequena pausa.

— Não — disse Toninho em voz alta. — Esqueci que a gente tá no escuro e não pode se ver...

— E eu que nem lembrei de trazer uma lanterna, droga! — praguejou Duda. — Mas não se preocupe, daqui a pouco nós acostumamos com a escuridão, aí vamos enxergar tudinho.

— Vou fechar a porta pra ninguém ver a gente — falou Toninho, afastando-se.

— Isso — concordou Duda. — Toninho? — chamou, quando ouviu a porta ser fechada.

— Que é? — respondeu o amigo.

— Você viu como era a fechadura?

Imediatamente Toninho procurou a maçaneta da porta. Quando a encontrou, tentou girá-la. Tarefa inútil.

— Gozado — disse Toninho, meio sem graça. — Ela é igualzinha à daquela casa lá da avenida Fontenelle, se lembra?

— Droga! — chiou Duda. — Quem mandou você fechar a porta?

— Ué, ninguém! Mas por que você não me disse que não era pra fechar?

Duda não discutiu.

— Isso significa que nós estamos trancados de novo, certo, senhor gênio? — provocou Toninho.

— É claro, grande sábio! — tornou Duda no mesmo tom. — Eles devem usar esse tipo de armadilha para pegar os curiosos que vêm bisbilhotar e que, no final das contas, acabam servindo de sobremesa para o vampiro fominha...

— Certo, superdetetive, e a próxima refeição vai ter um prato extra: nós.

— Não se preocupe — falou Duda, tentando demonstrar calma. — Qualquer um pode ter a mesma sorte; basta ter um ajudante com mania de fechar todas as portas — completou ele, mordaz. — Vamos começar nosso trabalho...

Os dois seguiram tateando no escuro; Toninho segurava na barra da camisa de Duda, que ia à frente comandando a expedição rumo ao desconhecido.

Em dado momento, Duda reparou num interruptor fosforescente brilhando num canto. Dirigiu-se até lá com Toninho grudado nele e acendeu uma lâmpada, que lhes assegurou a visão de todo o salão.

Tratava-se de um depósito de caixões, todos eles colocados em cima de cavaletes, prontos para serem vendidos.

Num canto da sala, meio escondido entre outros dois, estava o caixão negro do vampiro.

Duda empalideceu quando o avistou. Cutucou Toninho, que não deu atenção e continuou admirando o ambiente.

Duda cutucou-o novamente, sem dizer nada; apenas fitava o caixão.

— Que é, Duda? Que que você...

Não terminou a frase. Vendo a expressão de espanto do companheiro, indagou:

— Que cara é essa, mané? Até parece que viu o vampiro!

— O caixão dele, Toninho! — apontou Duda. Agora Toninho também o via.

— Ih, olha ele ali de novo! É o caixão do vampiro, né?

Pela terceira vez naquele dia, Toninho fazia uma pergunta cuja resposta já sabia.

— E agora? O que vamos fazer? — completou, na expectativa.

— Bem — ponderou Duda. — Precisamos ver se há outros vampiros por aqui...

— E como nós vamos saber disso? — Toninho estava assustado.

— Fuxicando nesses caixões.

Duda encaminhou-se para um deles, que estava bem na sua frente.

— Por que não começamos pelo caixão do chefe? — propôs Toninho, dirigindo-se para o grande caixão negro.

— Não — disse Duda, incisivo. — Ele não deve estar aí dentro. E, além do mais, só o cheiro de morte que esses seres carregam por onde passam poderia nos deixar malucos.

— Peraí! Eu não estou entendendo mais nada! — volveu Toninho, meio irritado. — Primeiro você diz que a gente tem que abrir os caixões pra ver se há vampiros neles, depois diz que não podemos abrir por causa do cheiro de morte? Como é que nós vamos fazer, então?

Duda fitou Toninho sem saber o que falar, depois acabou concordando:

— Tem razão. Não estamos fazendo turismo, estamos aqui para salvar nossa cidade.

Duda voltou a fitar Toninho interrogativamente. Um esperava pelo outro, mas nenhum dos dois se atrevia a tocar nos caixões.

Duda, hesitante, aproximou a mão direita da tampa do caixão; na esquerda segurava firmemente a cruz. Após nova hesitação, abriu-o bruscamente, dando um pulo para trás. Estava totalmente vazio.

— Gozado — disse Toninho, pensativo, para aliviar a tensão. — Nunca ouvi falar que morte tivesse cheiro.

— Não? — retrucou Duda, com ar experiente. — Você nunca viu um cachorro ou um gato mortos?

— Já, mas não prestei atenção no cheiro deles.

— Então experimente dar uma fungada quando você voltar a ver algum — comentou Duda. — Aí você vem me dizer se morte tem cheiro ou não.

Dito isso, Duda tirou um martelo e uma estaca da mochila e dirigiu-se para outro caixão. Segurando na mão direita o martelo, ajeitou na esquerda a estaca, com a ponta mortal virada para baixo.

— Pra que esse martelo, Duda?

— Como você acha que eu vou espetar isto no vampiro? Não vai ser pedindo licença! Deixa de conversa mole e me ajuda a abrir esse caixão...

— Ué, você não abriu o outro sozinho? Por que quer a minha ajuda agora? — falou Toninho, fazendo-se de ofendido.

— Porque se eu abrir este caixão sozinho e tiver um vampiro dentro, ele não vai ficar esperando eu pousar a tampa no chão e pegar o martelo de novo para cravar a estaca no peito dele; ele vai voar no meu pescoço, isso sim! Por isso eu preciso de você. Vamos...

Toninho foi até onde estava Duda e preparou-se para abrir o caixão. Perguntou:

— Pronto?

Duda segurou a estaca, olhando fixamente para a tampa do caixão, levantou o martelo na posição para bater e esperou.

Toninho segurou na tampa e voltou a olhar para Duda, que estava firme, em posição.

Então puxou a tampa e, quando Duda levantou a mão para dar uma boa martelada, foi surpreendido por alguma coisa alada que fez um voo rasante e quase tocou seu rosto.

— Uau!!! Cuidado, Toninho!!! É o vampiro!!!

Duda saiu correndo pelo salão, desesperado.

— É um morcego! — gritou Toninho, sem esconder o seu próprio espanto.

— Eu sei! Ele às vezes faz isso. — Duda parou num determinado ponto e ergueu a cruz para exorcizar o vampiro.

— Faz o quê? — perguntou Toninho, acompanhando a trajetória do morcego.

— Ele se transforma em morcego e ataca dessa maneira.

— Que nada, Duda! É só um morcego.

— E o que você acha que um vampiro é? — volveu Duda abaixando a guarda.

Toninho não respondeu a essa pergunta, e constatou uma coisa:

— Pronto. O vampiro, quer dizer, o morcego foi embora.

Duda, lentamente, voltou para junto de Toninho, todavia, sem largar a cruz.

— Ele saiu pelo mesmo lugar que entrou — continuou a observar Toninho. — Deve ter alguma toca de morcegos neste salão.

Duda aproximou-se novamente do caixão que eles haviam aberto. Também estava vazio.

— Você tem certeza de que o morcego não saiu deste caixão?

— Tenho — confirmou Toninho. — Eu estava olhando na hora em que nós abrimos...

— Eu acho que não vamos encontrar nenhum vampiro...

— Será que todo mundo saiu pra jantar? — perguntou Toninho em tom de piada.

— Não sei — retrucou Duda, enxugando a testa —, mas se eles ainda não perceberam que a gente está aqui, com todo o barulho que estamos fazendo, é porque não estão. O que eu tenho certeza é que está na hora da atividade deles.

— Ótimo, então está coincidindo com a hora de atividade do meu estômago, porque ele tá começando a roncar.

— Isso é hora pra pensar em comida, Toninho?

— Fala isso pro meu estômago, ué!

— Quem mandou você comer sua merenda toda? — ralhou Duda. — Agora vai ficar sentindo fome até chegarmos em casa...

— Se a gente chegar, né? — retrucou Toninho com uma ponta de pessimismo.

— Pode apostar sua barriga — enfatizou Duda. — Bom, vamos ver outro caixão. Se nós não encontrarmos nada, então vamos embora, porque não vai adiantar a gente ficar arriscando o pescoço à toa.

Duda dirigiu-se a outro dos caixões existentes no salão. Toninho acompanhou-o e preparou-se para repetir a mesma tática adotada anteriormente: segurou na tampa do caixão e olhou para Duda, que, com um movimento de cabeça, indicou que Toninho deveria seguir em frente...

23

DOIS GATOS COM UMA CAJADADA SÓ

Toninho puxou a tampa com uma rapidez fantástica. Havia algo no interior.

Duda começou a bater com a estaca dentro do caixão, sem perceber em que estava gastando toda a sua fúria.

— Chega, Duda! — gritou Toninho, tentando arrancar o amigo de perto do caixão.

— Não, Toninho, deixa eu acabar com a raça dele! Me larga!

Excitado, Duda não parava de bater, até que Toninho conseguiu afastá-lo.

— Não tem nenhum vampiro aí, mané! — disse Toninho, segurando-o.

Cansado do grande esforço, Duda sentou-se no chão quase sem fôlego:

— Eu matei ele? — quis saber.

Toninho também se recuperava.

— Hem, Toninho?... — insistiu Duda.

Toninho retirou do caixão uma pequena estatueta.

— Olha o "vampiro" que você matou — mostrou Toninho.

Duda levantou-se e olhou o caixão, esquecendo o cansaço.

Lá dentro havia dezenas de embrulhos com diversos tipos e tamanhos de estatuetas. Os meninos, sem compreender o porquê de tudo aquilo, começaram a remexer as peças, que estavam devidamente embaladas com jornal.

Em dado momento, Duda, ao sacudir uma delas, percebeu alguma coisa dentro; revirou-a de todo jeito, mas não descobriu nenhuma abertura por onde pudesse ter sido introduzido algo. Jogou-a no chão com força...

Toninho puxou a tampa com uma rapidez fantástica e Duda começou a bater com a estaca dentro do caixão.

A estatueta, feita de louça fina, espatifou-se em mil pedaços, revelando várias pedras que pareciam ser preciosas.

— Caramba, Toninho! Olhe só, moleque!

Duda parecia ter descoberto um tesouro, tamanho seu entusiasmo diante daquelas pedras. Tinha até esquecido o vampiro.

Toninho, sem entender bulhufas, perguntou, admirado:

— Que que é isso?

— Não tá vendo, moleque? São pedras preciosas!

Duda pegou outra peça, que também jogou no chão. Ao quebrar-se, as pedras deslizaram pelos tacos do salão...

— São diamantes? — perguntou Toninho, curioso.

— Diamantes? Claro que não!

— E como você sabe que são pedras preciosas?

— Se não fossem, você acha que elas estariam escondidas? — retrucou Duda, demonstrando a lógica do seu raciocínio.

Toninho pegou outra estatueta, balançou-a e ameaçou atirá-la no chão, mas foi impedido por Duda:

— Não precisa. Todas elas devem estar cheinhas.

Toninho parou com o braço levantado, segurando a estatueta no ar.

Duda tomou-a da mão dele e balançou a peça para se certificar.

— E agora? — perguntou Toninho.

— Sei lá. Nós temos é que cair fora. Eu sabia que esse sujeito era suspeito desde o início... Quem diria, hem! Contrabandista de pedras preciosas.

— Não vai me dizer que você sabia que o cara era contrabandista? — ironizou Toninho.

— Claro que não sabia, mas todo grande detetive tem que ter faro para reconhecer um criminoso, senão ele nunca terá sucesso na profissão.

— E aquelas histórias sobre o camarada que chupa o sangue dos outros? — indagou Toninho, provocativo. — E as mulheres assassinadas?

— Tudo isso só aumenta a culpa deles. O contrabando deve ser a forma que o vampiro encontrou para patrocinar suas atividades demoníacas; afinal, nesse mundo de trevas em que vivemos, precisamos de dinheiro...

— Como é que é? — volveu Toninho, sem entender nada.

— Deixa pra lá!

Súbito, a atenção dos meninos voltou-se para a loja. Havia uma movimentação suspeita.

— É melhor a gente dar no pé logo, Duda.

— Peraí! Acho que nós devíamos levar uma dessas estatuetas com a gente, para mostrar para o Ferretti.

Enquanto os dois se preocupavam com sua descoberta, o criado do vampiro e Paco entravam na loja.

No momento em que transpôs a porta de ferro, com as luzes ainda apagadas, o agente funerário percebeu que uma luminosidade vinha do salão secreto.

Não pestanejou. Entrou correndo, foi até sua escrivaninha, pegou a chave da porta camuflada e dirigiu-se à passagem escondida pela pintura.

— O que o senhor vai fazer aí dentro, chefe? — perguntou Paco, intrigado.

— A luz está acesa — respondeu o criado do vampiro, preocupado.

Dentro do salão, os meninos haviam emudecido. Só tiveram tempo de se esconder atrás de um dos caixões.

Uma porta que parecia não estar ali antes se abriu, e o criado do vampiro apareceu. Com a fisionomia tensa, passou os olhos por todo o salão...

— Engraçado, é a segunda vez que eu encontro luz acesa tendo certeza de ter apagado!

Os meninos estavam absolutamente quietos. Não davam o menor sinal de vida. Dessa vez não tinham o Kid para atrapalhar.

O criado do vampiro foi até o interruptor fosforescente e, quando ia apagar a luz, ouviu cochichos. Parou instantaneamente.

— Cadê a estátua? — sussurrou Duda.

— Eu não peguei nada — respondeu Toninho no mesmo tom.

— Mas eu falei pra você pegar!

— Não falou, não... — replicou Toninho, ainda sussurrando.

Duda e Toninho tentavam chegar a um denominador comum quanto às estatuetas.

— Desculpem interromper a conversa, mas por acaso foram vocês que deixaram os caixões abertos?

Os dois gelaram.

A história parecia ter chegado ao seu término. Tinham sido apanhados, sem nenhuma chance de escapar.

Os dois, mudos, limitavam-se a encará-lo, com os olhos petrificados. Não ousavam dizer coisa alguma.

Segundos antes de se esconderem, quando perceberam que alguém estava para entrar no salão, eles trataram de correr sem se preocupar em fechar os caixões; isso para não falar nas estatuetas desembrulhadas, nos cacos de louça e nos pedaços de jornal largados pelo chão.

O caixão escancarado e remexido foi a primeira coisa que o criado do vampiro notou, logo que assomou ao salão.

— Vocês vão ficar aí calados, sem me dizer nada? — perguntou o criado do vampiro com certa ironia. — Ou vocês me contam como vieram parar aqui, ou não saem vivos desta joça! — berrou de raiva, mudando de tom bruscamente.

Os meninos encolheram-se ainda mais.

— O que que tá acontecendo, chefe? — disse Paco, aparecendo na porta do salão.

— Olhe aqui o que eu encontrei.

Paco aproximou-se do local onde os meninos estavam e disse:

— Mas são dois garotos.

— É evidente que são dois garotos — falou o criado do vampiro, impaciente. — Quem diria que nossa atividade ia ser descoberta por dois meninos abelhudos, hem? Eles conseguiram o que a polícia vinha tentando há meses. Mas digam como chegaram até aqui?

— Será que foram esses moleques que invadiram nossa oficina e arrombaram a fechadura? — supôs Paco.

— Pode ser...

Duda e Toninho se entreolharam. Continuavam imóveis e calados.

— O senhor não acha que devemos chamar a polícia pra prender esses garotos por invasão de domicílio? — falou Paco inocentemente.

— Tá louco?! Vamos é fazer esses guris confessarem tudo o que sabem, aí depois damos um jeito neles... Vamos, seus espertinhos, a brincadeira acabou.

Os dois saíram do esconderijo acompanhados de perto por Paco, que os conduziu à loja.

O criado do vampiro, muito dono da situação, arrumou a bagunça, apagou a luz e dirigiu-se para lá também.

Restava aos dois detetives mirins esperar pelo fim...

24

O NOME DELE É CRISTÓVÃO LEE

Duda e Toninho estavam sentados no banco que ficava em frente à tal pintura na parede. Os dois continuavam impassíveis; não esboçavam nenhuma reação. Paco os vigiava.

O criado do vampiro entrou na loja, fechou a porta secreta, passou a chave e, ao virar-se, deu com os olhos de Duda voltados para ele. Duda começou a tremer, todavia o homem não o reconheceu.

— Que papagaiada é essa no pescoço de vocês? — perguntou ele.

Sem esperar pela resposta, foi até a escrivaninha que ficava na entrada da loja e jogou a chave da sala secreta dentro da primeira gaveta.

— São coroas de alhos — respondeu Paco por eles, que permaneciam calados. — Elas servem pra afastar vampiros — brincou, com certo ar de mistério.

O criado do vampiro sentou-se na frente dos dois e falou:

— Vocês acham que existe algum vampiro aqui? — perguntou ele, esboçando um sorriso de contentamento. — Muito bem, seus pilantrinhas, podem começar a contar como vocês descobriram a nossa operação...

Enquanto o criado do vampiro e Paco aguardavam as explicações solicitadas, Ferretti e Elias chegavam à funerária na sua radiopatrulha.

Estacionaram silenciosamente na frente da loja, bem atrás da caminhonete funerária.

Saíram do carro e começaram a vasculhar o local.

Elias segredou a Ferretti:

— Eu acho que tem gente aí dentro.

Ferretti pediu silêncio, então fez um sinal para o colega aproximar-se da portinhola de ferro, enquanto ele procurava escutar o que se passava no interior da loja...

Ouviam-se risos.

Os dois homens divertiam-se com piadas.

— Vamos, seus moleques! — o criado do vampiro interrompeu o momento de descontração. — Estão esperando o que para abrir o bico?! Se vocês não falarem logo tudo o que sabem, eu é que vou chupar o sangue de vocês!

Do lado de fora, Ferretti fez um sinal para Elias, que, com um chute poderosíssimo, abriu a portinhola de ferro e entrou de revólver em punho. Ferretti seguiu-o.

— Creio que vocês não vão chupar o sangue de mais ninguém! — falou Ferretti, parando na porta da loja com o revólver apontado para os criminosos. — A festinha acabou.

O criado do vampiro e Paco pararam, embasbacados.

— Duda, Toninho, façam alguma coisa, algemem esses bandidos! — disse Elias, apontando sua arma também para os dois.

Duda pegou as algemas jogadas pelo policial e começou a algemar o criado do vampiro. Toninho fez o mesmo com Paco.

— Puxa! — desabafou Duda. — Eu pensei que nós estávamos perdidos...

— Ei! Espere um momento! Qual é a acusação? — protestou o criado do vampiro.

— Assassinato, ocultação de cadáver e tentativa de sequestro. Quer mais? — retrucou Ferretti, mantendo-os sob a mira.

— E pode acrescentar também contrabando — completou Duda, terminando de algemar o criado do vampiro.

— Qual é a novidade, Duda? — perguntou Elias, surpreso.

— É isso mesmo que eu falei. Esses caras aí estão envolvidos com contrabando e as provas estão aqui mesmo...

— Quem mandou você se intrometer no caso, Duda? Eu proibi você de brincar de detetive, não foi? — e, virando-se para os contrabandistas, ordenou: — Os dois, sentem-se naquele banco.

— Mas o que você queria que eu fizesse? Os jornais assustando a população com as notícias sobre o vampiro e eu não via a polícia fazendo nada...

— Se nós divulgássemos alguma coisa sobre as investigações, o próprio vampiro poderia se prevenir contra nós. Você deveria saber disso melhor do que ninguém.

O criado do vampiro fitou Paco, depois disse:

— Creio que vocês não vão chupar o sangue de mais ninguém! — falou Ferretti, apontando o revólver para os criminosos.

— Não vão me dizer que vocês estão pensando que eu sou o vampiro do Rio?

— O senhor faça o favor de ficar calado e só fale quando eu mandar! — falou Ferretti severamente. E voltando-se para Duda: — Você poderia ter se metido em alguma encrenca e ainda atrapalhado a polícia...

— Mas ele se meteu em encrenca, nós é que chegamos a tempo! — consertou Elias, sem tirar os olhos dos bandidos.

— E como você nos achou? — perguntou Duda, curioso.

— Eu sei como — falou Toninho, por sua vez.

— Nós não lhe devemos satisfações, "senhor delegado" — volveu Ferretti, irônico, mas em tom de repreensão. — O caso ainda não está encerrado. Agora me conte como tudo aconteceu...

Toninho bocejou displicentemente, querendo demonstrar que aquela narrativa seria cansativa.

No entanto, Duda contou toda a história a Ferretti, desde o momento em que ele descobrira o endereço da funerária até o último instante, quando foram pegos no salão secreto.

Depois de tudo esclarecido, Ferretti falou:

— Bem, Duda, agora são quatro acusações contra esses homens.

Duda, retirando o pequeno baú prateado da mochila, passou-o a Ferretti e disse:

— Toma! Esse baú era onde esse cara aí guardava as cinzas do mestre dele...

— Então existe um vampiro de fato? — perguntou Elias, admirado.

— Isso é um absurdo! Esse garoto está maluco! Ele tem uma imaginação exagerada! — exclamou o criado do vampiro, indignado.

— Quieto! — ralhou Ferretti. — Isso, sem dúvida, não prova a existência de um vampiro, mas que eles estão envolvidos em pelo menos um assassinato, disso nós temos provas...

— Que provas? — perguntou Duda, sem deixar de lado sua natural curiosidade.

Ferretti não respondeu. Estava ocupado estudando o pequeno baú prateado.

— Olha como está manchado de sangue!

— Isso não quer dizer nada, Duda — retrucou Ferretti com tranquilidade. — Isto lhe pertence... a propósito, qual é o seu nome?

— Cristóvão — respondeu o criado do vampiro prontamente. — Cristóvão Lee.

— Ih! Que engraçado! — disse Toninho, divertindo-se com o nome do homem.

— Cristóvão, isto é seu? — voltou a perguntar Ferretti.

— Não sei. Deixa eu ver...

Ferretti aproximou o objeto de Cristóvão Lee.

— Onde o garoto achou isso?

— Na sua oficina — respondeu Duda com autoridade.

— Ah! Então foi você mesmo que arrombou a fechadura da minha porta, não é, seu pivete?

— Ei! Mais respeito com meu amigo, hem, seu criado de vampiro de uma figa! — ameaçou Toninho. — Eu também ajudei, algum problema?

— Por que essa mancha de sangue? — tornou Ferretti, sem muito interesse.

— Eu sei lá! Há muito tempo eu me desfiz desse troço! — defendeu-se Cristóvão.

Ferretti devolveu o baú a Duda. Ele estava seguro de que aquele objeto não representava nada no curso dos acontecimentos.

— Bem, então vamos entrar no salão secreto para ver as famosas estatuetas — disse Ferretti, tomando a frente em direção à parede pintada.

Duda foi até a primeira gaveta da escrivaninha e pegou a chave que Cristóvão Lee havia guardado. Dirigiu-se diretamente para a porta secreta e a abriu com relativa facilidade.

Todos entraram no salão oculto.

25

AS PEDRAS SÃO AUTÊNTICAS

Paco e Cristóvão Lee eram devidamente vigiados por Elias, que não largava sua arma.

Duda, sem perder tempo, foi logo abrindo um dos caixões repletos de estátuas.

— Sacode pra você ver — disse Duda, ansioso. — Tem um montão de pedras preciosas aí dentro.

Seguindo a orientação de Duda, Ferretti sacudiu a peça de porcelana e pôde ouvir um tilintar no interior oco.

Voltou a sacar o revólver, só que dessa vez segurou-o pelo cano, ergueu-o um pouco e deu uma pancada na estatueta com a coronha da arma. Isso bastou para quebrá-la.

Algumas pedras despencaram de sua mão e Duda abaixou-se para pegá-las.

— Tá vendo só! — exclamou Duda numa excitação crescente.

Ferretti assobiou e disse:

— Nossa senhora, Elias! Dá uma olhada nisto aqui, rapaz!

Elias aproximou-se do caixão e contemplou as pedras na mão do colega.

— Vejam só! — exclamou. — Não tenha dúvida que são autênticas...

— Claro que são, meu camarada! Há mais alguém envolvido no contrabando, além de você e seu ajudante? — perguntou Ferretti dirigindo-se a Cristóvão.

— Claro, Ferretti! O próprio vampiro e o porteiro daquele prédio onde estivemos — afirmou Duda.

Cristóvão e Paco fitaram o garoto com uma expressão de ódio.

— Eu só lamento não ter liquidado vocês logo de cara — disse Cristóvão, rancoroso.

— Cala a boca, safado! — voltou a ordenar Ferretti, rispidamente. — Duda, essa história do vampiro é verdade mesmo?

— Ué, você não tem lido os jornais? — argumentou ele.

— Eu sei, mas o que eu quero saber é se esse de que você está falando é o mesmo dos jornais?

— É, sim, Ferretti. Eu vi o cara — confirmou Toninho.

— E você tem certeza de que o tal vampiro e o porteiro estão na jogada, Toninho? — insistia Ferretti.

— Claro! Eu ouvi a conversa deles. O Duda não te falou?

— Falou, mas eu preciso de mais provas...

— Então por que não obrigamos esses dois a confessar? — perguntou Duda com veemência.

— Eles não são bobos, Duda — retrucou Ferretti com prudência. — Eles não vão falar nada, a menos que nós consigamos reunir provas suficientes contra eles.

— Pô, mas essas provas não são suficientes?! — insistia Duda, apontando as estatuetas.

— Contra eles dois, sim, mas nós temos que prender os outros membros do bando. E, mesmo que a gente consiga pegar todo mundo em flagrante, ainda teremos de descobrir como funciona essa organização em torno do contrabando. Eles não vão dar todos os segredos de bandeja pra gente se nós não pressionarmos com o maior número de provas possível. Só assim obrigaremos esses bandidos a revelar todos os detalhes.

— E ainda tem o mistério do vampiro — lembrou Duda.

— Pois é, como você tá vendo, muita coisa ainda tem de ser esclarecida...

— Quais serão nossos próximos passos, Ferretti? — perguntou Elias.

— O meu plano é preparar uma armadilha para pegar o vampiro e o porteiro aqui. Se os meninos estão certos, mais cedo ou mais tarde eles irão aparecer para saber o que aconteceu aos parceiros; aí pegamos todo mundo de uma vez só.

Entrementes, enquanto todos lá no salão secreto planejavam a captura da quadrilha, um carro chegava sorrateiramente à funerária.

Alberto Kriegel e o ex-porteiro Tião estranharam o carro de polícia parado defronte à loja, atrás da caminhonete funerária, bem como a portinhola de ferro aberta e as luzes acesas, coisas bastante suspeitas.

Kriegel pegou seu revólver no porta-luvas do carro e enfiou-o na cintura. Tião foi até o porta-malas, apanhou uma metralhadora, destravou-a e, assim armados, os dois entraram na loja.

Viram que ela estava deserta e escutaram vozes no salão oculto, notando, em seguida, a porta secreta aberta. Fecharam a portinhola, apagaram as luzes da loja e esperaram pelos visitantes, prontos para o provável combate.

No salão, ninguém ainda notara a presença de Kriegel e seu comparsa.

Elias, Duda e Toninho arrumavam o lugar para despistar, enquanto Ferretti mantinha Cristóvão Lee e Paco sob vigilância.

— Tudo pronto? — perguntou Ferretti com a atenção nos bandidos.

— Tudo — confirmou Elias.

— Muito bem, seus salafrários! Pra loja! — ordenou Ferretti, energicamente.

Cristóvão Lee e Paco, algemados, foram na frente, seguidos por Ferretti e Elias, de armas em punho, e, por último, Duda e Toninho.

Os seis rumaram para a loja sem saber o que os aguardava...

26

A VINGANÇA DO VAMPIRO

— Um momento, vocês dois! — gritou Ferretti para Cristóvão Lee e Paco, que já entravam na loja.

— Quem apagou a luz? — perguntou Elias, vindo logo atrás dos três.

— Ninguém! — respondeu Duda, preocupado, entrando na loja ao mesmo tempo que Toninho. — Ela estava acesa...

A claridade do salão não era suficiente para iluminar a loja, e antes que eles pudessem se movimentar em direção ao interruptor, as luzes foram acesas novamente.

— Boa noite, senhores — disse Kriegel no seu tom seco de sempre, sentado atrás da escrivaninha.

Toninho empalideceu. Tentou dizer alguma coisa, mas perdeu a voz.

Duda, finalmente, estava diante do vampiro.

Alberto Kriegel trajava um *smoking* fino e usava uma capa preta com o verso vermelho. Seus cabelos estavam penteados para trás e besuntados de brilhantina, a maquilagem realçava sua

— Boa noite, senhores — disse Kriegel no seu tom seco de sempre, sentado atrás da escrivaninha.

pele branca, e tinha as suíças grisalhas. Tudo fazia lembrar o próprio príncipe das trevas.

Ferretti, estático, com o revólver apontado para Cristóvão Lee, fez menção de movê-lo na direção de Kriegel, porém o homem logo preveniu o policial:

— Eu não faria isso se fosse você...

Tião pigarreou atrás deles. Todos olharam para trás; então, ele deu um tapinha carinhoso na metralhadora e sorriu debochado para os policiais.

Ferretti, recuperando o autocontrole, disse:

— Eu também poderia acertá-lo facilmente dessa distância.

— Então morreríamos todos — rebateu Kriegel, imperturbável. — Mas não creio que você quisesse esses guris mortos...

Ferretti e Elias abaixaram a guarda.

— Agora tragam seus revólveres até aqui e coloquem nesta mesa; depois voltem lá e soltem meus homens — ordenou Kriegel sem se mexer.

Os policiais obedeceram prontamente.

Logo que foram soltos, Cristóvão e Paco procuraram apropriar-se dos revólveres dos policiais.

— Que roupa mais esquisita, chefe! — observou Cristóvão, aproximando-se de Kriegel. — Aonde o senhor vai vestido assim?

— Prenda os policiais — voltou a ordenar Kriegel, sem dar atenção a Cristóvão.

Duda e Toninho fitavam-no petrificados.

Tião, saindo de trás dos policiais, com o dedo no gatilho, pôs-se a estudar os prisioneiros, particularmente os meninos, enquanto Cristóvão e Paco algemavam Ferretti e Elias.

— Estão pensando que eu não reconheci vocês, seus moleques? Agora vocês vão ver o que é bom pra tosse... — ameaçou Tião.

— Você conhece esses guris, Tião? — perguntou Kriegel, impassível, detrás da escrivaninha.

— Esses dois moleques estiveram rondando o prédio há três dias e aquele policial ali foi o que veio investigar o apartamento na mesma tarde em que fizemos a mudança.

— Eles não irão nos aborrecer mais — assegurou Kriegel.

— Eu não teria tanta certeza — garantiu Ferretti. — Há outros policiais investigando o caso do vampiro...

— O que esse sujeito está falando? — perguntou Kriegel, intrigado.

— Eles pensam que nós temos alguma coisa a ver com os assassinatos do vampiro — explicou Cristóvão.

Alberto Kriegel soltou uma estrondosa gargalhada e falou:

— Ora essa, seus idiotas, vocês se enganaram.

— Eu acho que é por causa da roupa, chefe — voltou a observar Cristóvão.

— O mais engraçado dessa história toda é que a minha intenção foi mesmo ficar parecido com o conde Drácula — disse Kriegel descontraindo-se, esquecendo por instantes sua frieza.

— Por quê? — insistiu Cristóvão.

— Porque, depois que nós acabarmos nosso trabalho aqui, eu irei a uma festa a fantasia na casa de amigos.

— Cuidado, chefe! Seus amigos podem pensar que o senhor é o vampiro do Rio — brincou Tião.

Todos os membros do bando riram à vontade da piada.

Ferretti, Elias e os meninos, ao contrário, não pareciam muito contentes.

— Não acredite nele, Ferretti! — advertiu Duda. — Esses vampiros são uns farsantes.

— Chega de brincadeira agora — disse Kriegel, voltando ao seu permanente estado de morbidez.

— Por que você não conta quais são as provas que tem contra eles? — sussurrou Duda para Ferretti.

O policial repreendeu o garoto com um cutucão, mas isso não adiantou, o vampiro ouvira:

— É uma boa ideia. Faça o que o guri sugeriu.

Ferretti hesitou, então Kriegel ameaçou:

— Fale ou você morre agora, na frente dos meninos.

— Bem — principiou o policial, olhando furioso para Duda —, depois que eu estive no apartamento e constatei que a mudança tinha sido feita, juntei o fato ao que os meninos contaram sobre os cadáveres da velha e de uma jovem e às notícias dos jornais também. Dois dias depois, resolvemos investigar a oficina lá na avenida Fontenelle. A porta estava arrombada, por isso não tivemos dificuldade para entrar. Vasculhamos toda a oficina. Não encontramos nada, mas o Elias notou umas pegadas frescas marcadas na terra, nos fundos da casa... Seguimos as pegadas, que terminavam de repente no meio de umas árvores... Chegamos à conclusão de que alguém tinha escavado o local, então voltamos a cavar. Foi quando encontramos o caixão com a jovem... Ela era exatamente como eles a descreveram, loira e toda vestida de branco, mas não tinha os dois furos característicos das vítimas do vampiro. Aí, passamos a vigiar a funerária, até que os garotos apareceram...

— Ué, eu pensei que tinha sido...

— Silêncio, seu moleque abelhudo! Senão eu enterro você vivo junto com aquela moça! — Tião ameaçou Toninho.

— Que velha é essa que os meninos disseram que estava morta? — perguntou Kriegel, curioso.

— Esse cara aí disse que tinha uma velha morta no 201 — declarou Duda, apontando para Tião.

— Que velha é essa, Tião? — Kriegel queria saber de qualquer jeito.

— Ah, é a dona Catherine, a dona do apartamento. Eu inventei aquela história para despistar o garoto, que estava enchendo o saco lá na portaria, dizendo que tinha visto um caixão entrar no edifício...

— Fez bem — disse Kriegel, seco como sempre. — Quer dizer que vocês acharam a minha ex-secretária?

— Secretária?! — exclamou Duda, surpreso.

— Exatamente. Vocês pensaram que ela fosse uma das vítimas do vampiro?

Duda e Toninho, boquiabertos, balançaram a cabeça concordando.

— Mas por que vocês a enterraram lá na oficina, seus imbecis? — bradou Kriegel, que pela primeira vez perdia a calma. — Não tinham outro lugar melhor?

— Mas, chefe, como a gente podia adivinhar que esses garotos metidos iam descobrir tudo sem querer, e...

— Mas foi por vocês não adivinharem que os policiais descobriram o cadáver da moça! — Kriegel continuava a esbravejar contra a incompetência de Cristóvão Lee, que não pôde sequer terminar a sua defesa. — Eu tive de matá-la — continuou, mudando de tom bruscamente —, pois ela acabou descobrindo a nossa atividade clandestina...

— Chefe! — exclamou Cristóvão, receoso.

— Isso não importa mais. Deixe-os matar a curiosidade antes de desaparecerem da face da terra...

— Posso falar uma coisinha? — pediu Toninho, que permanecera calado a maior parte do tempo.

— Fale, pivete abelhudo! — disse Tião, irritado.

— Se eu fosse o senhor, seu vampiro, eu não fazia nada com a gente, não. A qualquer hora vai chegar alguém aí para nos salvar.

— Até diante da morte esses guris não sossegam — constatou Kriegel. — Esse é o truque mais velho do mundo, garoto. Mas não se preocupem, eu vou lhes contar tudo...

— Por que o senhor não começa pela parte em que as pedras são comercializadas? — sugeriu Ferretti.

— É uma boa ideia para um moribundo, porém eu farei melhor até, vou deixar que o próprio dono do negócio fale da organização. Cristóvão Lee...

Pela primeira vez desde sua surpreendente aparição, Alberto Kriegel deixava de lado seu tom seco para assumir uma postura mais humana.

— Bom — principiou Cristóvão —, nós temos uma subsidiária no Paraná, para onde são levados os caixões carregados com as pedras preciosas...

— E é claro que você, um agente funerário, não é o dono de nada disso! — falou Ferretti, irônico.

— Você, como todo bom policial, é esperto, rapaz. Esse negócio dos caixões está em nome de Cristóvão, obviamente, para que eu não apareça — rebateu Kriegel, cheio de confiança em si mesmo.

— Claro, se a coisa der errado, esse infeliz será o bode expiatório — concluiu Ferretti, olhando para Cristóvão.

— E das moças mortas, ninguém fala nada? — perguntou Duda, admirado com o esquecimento dos outros.

— Cala a boca, garoto! — ralhou Tião, sem largar a metralhadora.

— Muito bem, Cristóvão, continue o esclarecimento aos futuros candidatos à vida no Além — volveu Kriegel.

— Pois bem, esses caixões chegam à cidade de Porto Camargo, na fronteira com o Paraguai, onde fica nossa loja, e são vendidos lá pela região mesmo; as estatuetas, então, cruzam a fronteira...

— E é tão fácil assim?! — retrucou Duda, assombrado.

— Com uns poucos dólares pode-se comprar qualquer guardinha paraguaio de fronteira, Duda — replicou Elias, lucidamente.

— Isso tudo é compreensível — disse Ferretti, intrometendo-se. — Assim se mantém a aparência da empresa funerária do Rio de Janeiro com filial no interior do Paraná... Perfeitamente lógico! Mas o que eu ainda não entendi, doutor Kriegel, ou devo dizer *vampiro*?, é por que o senhor não pode aparecer.

— Isso o senhor também entenderá, policial — retrucou Kriegel. — Acontece que eu sou um respeitável empresário em Curitiba, que fabrica artefatos de couro. Em virtude disso, não poderia expor-me a um escândalo.

— E como é feito o transporte do Rio de Janeiro para o Paraná? — perguntou Ferretti.

— Meu jatinho particular, transformado em jatinho cargueiro, faz as viagens.

— E o senhor tem negócios no Rio de Janeiro? — tornou a perguntar Ferretti.

— A que negócios o senhor se refere? — quis saber Kriegel, com um sorriso maroto.

— Os negócios legais, o comércio de couro.

— Ah, sim. Naturalmente...

— Portanto, a polícia nunca desconfiou de nada?

— Acredito que não, uma vez que continuamos nossos negócios tranquilamente...

— Peraí! Sobre que negócios o senhor está falando agora? — replicou, por sua vez, Ferretti.

— Ora, meu nobre policial — voltou a sorrir Kriegel —, negócios ilegais, isto é, o contrabando...

— Vocês estão esquecendo que esse cara é um vampiro sanguinário?! — lembrou Duda, indignado.

— Você já tá falando demais, moleque! — voltou a ralhar Tião. — Cala essa boca!

Ferretti fez um gesto para Duda permanecer em silêncio, então continuou:

— Contudo, ainda está faltando um elo de ligação...

— Qual é a sua dúvida? — indagou Kriegel, interessado. — Vocês têm direito de saber de tudo antes de experimentar a hospitalidade do nosso serviço funerário.

Ferretti deu um sorriso amarelo e completou:

— É natural que o senhor, produzindo as mercadorias em Curitiba, faça viagens constantes para o Rio, para realizar vendas. Isso lhe dá uma excelente desculpa para transportar tranquilamente os caixões, sem despertar quaisquer suspeitas na polícia. Mas como o senhor faz para continuar despistando, quando tem que transportar os caixões de Curitiba a Porto Camargo?

— Não disse que o nosso policial é esperto, Cristóvão? Bem, como sempre, o segredo do negócio é sua simplicidade. É claro que nossa organização tem homens trabalhando no aeroporto. Sem eles, seria impossível. São os homens responsáveis pelo hangar onde os aviões ficam estacionados. Tanto aqui quanto em Curitiba, eles permitem que a caminhonete funerária entre e saia durante a madrugada, como se nada estivesse acontecendo.

— Meus parabéns, doutor Kriegel! Eu tiro o meu chapéu.

— Muito obrigado, policial...

— Posso perguntar uma coisa, seu vampiro? — disse Toninho, meio tímido.

— Esses moleques não conseguem ficar de bico calado! — praguejou Tião. — Que coisa!

— Deixe o menino falar, Tião. Ele também tem o direito de saber. Afinal, todos serão vizinhos da senhorita Tatiana, debaixo da terra... — voltou a ironizar Kriegel.

— É sobre ela mesmo que eu ia perguntar — retrucou Toninho, como se eles não estivessem com as horas contadas, tal a sua calma. — Por que o senhor não chupou o sangue dela? Só porque ela trabalhava pro senhor?

Alberto Kriegel soltou outra sonora gargalhada, então disse:

— É uma pena que tenham de morrer. Vocês são garotos muito mais espertos do que os que tenho visto por aí; mas infelizmente se meteram onde não deviam, e por isso eu terei de eliminá-los, como fiz com a senhorita Tatiana, de quem eu gostava muito também. Paciência. Ossos do ofício...

Nesse ínterim, enquanto os últimos minutos de vida dos meninos e dos policiais iam se extinguindo, do lado de fora da loja um milagre estava para acontecer...

27

TIROS NO ESCURO

Dois carros da polícia chegavam às imediações. Paranhos, o delegado, estava acompanhado de mais três policiais civis e quatro policiais militares.

— É aqui, rapazes — disse Paranhos, dirigindo-se a seus homens. — Esperem um instante aí, que eu vou falar com os PMs.

Paranhos saiu da radiopatrulha e dirigiu-se até o camburão da polícia militar.

— A funerária é ali — falou, apontando para a loja. — Estejam preparados para o que der e vier.

Os PMs saíram do carro de armas na mão. Paranhos voltou para junto da radiopatrulha.

— Será que os meninos estão lá dentro? — indagou Seixas, um dos policiais que acompanhavam Paranhos nessa batida.

— É provável que sim, afinal de contas a esposa do capitão Campos nos deu esse endereço, dizendo que nós os acharíamos aqui.

— Bom, o Ferretti e o Elias nós já sabemos que estão...

Em frente da loja, enfileirados, estavam a caminhonete funerária, o carro da polícia e, por último, o carro particular de Alberto Kriegel.

— Isso não está me cheirando bem, delegado — volveu Seixas, preocupado.

— As luzes da loja estão acesas e ouço conversas lá dentro — constatou o delegado.

— Vamos ficar aqui parados, esperando?

— Não, vamos entrar. Precisamos saber o que está acontecendo — disse Paranhos, decidido.

— Espere, delegado — Seixas o deteve. — Não sabemos se eles estão prisioneiros, ou se os homens da funerária estão armados. Se anunciarmos que é a polícia, isso poderia colocar a vida dos meninos em perigo...

— E a de nossos homens também — acrescentou Paranhos.

— O que faremos, então?

Paranhos parou para refletir, depois falou:

— Eu tenho um plano que poderia dar resultado...

— Qual?

— Nós cortamos a luz de toda essa área; isso vai deixar nossos amigos confusos; assim teremos mais chances de entrar na loja e libertá-los.

— Se os caras estiverem armados, sai de baixo!

— É o risco que temos de correr, se quisermos vê-los ainda vivos. Você tem outra ideia mais segura do que essa? — perguntou o delegado, meio contrariado.

— É, parece que não temos outra saída mesmo...

— Não. Souza, vá até aqueles cabos elétricos e corte-os. Eu e o Seixas vamos nos posicionar ao lado do portão de ferro e esperar uma oportunidade para entrar na loja. Comande os PMs. Vamos, Seixas...

Enquanto isso, dentro da loja, o destino dos prisioneiros era sacramentado:

— Vamos levar esses guris enxeridos e os policiais para nossa oficina. Lá, você, Cristóvão, e você, Paco, deem o melhor tratamento possível aos nossos hóspedes. Eu e o Tião nos encarregaremos de despachar os caixões para o aeroporto.

Kriegel dava as últimas ordens da noite, porém não as definitivas.

Quando o agente funerário e Paco preparavam-se para executar as instruções, as luzes se apagaram...

Tião praguejou:

— Essa não!

Na mesma hora, Ferretti juntou as mãos algemadas e golpeou Tião na cabeça. Este foi ao chão; Ferretti, então, tateou na escuridão e apoderou-se da metralhadora do porteiro.

— Rápido, Toninho! Duda!

Os meninos correram para o salão secreto no meio da escuridão. Ferretti seguiu-os.

— Que que está acontecendo? — perguntou Paco.

Elias, ao lado dele, atacou. Os dois rolaram pelo chão, lutando de forma selvagem.

Ninguém enxergava nada dentro da loja. O clima era tenso.

Cristóvão Lee, nervoso, disparou duas vezes seu revólver na direção de Elias e Paco.

— Imbecil! Não atire! Pode acertar um de nós!

A voz era de Kriegel, que perdia a calma pela segunda vez na noite.

Ao ouvir os disparos, Paranhos deu um violentíssimo chute na portinhola de ferro, abrindo-a.

Kriegel, de costas para o portão de ferro, voltou-se e atirou duas vezes para a rua.

— Quem está aí? — perguntou ele, desesperado.

— Uma alma do outro mundo — retrucou Paranhos, sarcasticamente.

Ferretti veio até a porta secreta e disparou uma rajada de metralhadora.

— E agora, delegado, eles têm uma metralhadora! — falou Seixas, assustado.

— Duda? Toninho? Vocês estão aí dentro? — perguntou Paranhos.

Kriegel voltou a disparar duas vezes em direção à porta de ferro; agora só lhe restavam duas balas.

— Paranhos? É o Ferretti! Os meninos estão protegidos! Estou nas costas dos caras com uma metralhadora!...

— Como é que ele conseguiu uma metralhadora? — disse Paranhos, dirigindo-se a Seixas. E gritou para Ferretti: — Ótimo! Vamos obrigá-los a sair!

Cristóvão Lee aproximou-se de Kriegel e disse:

— Chefe, estamos cercados. O policial pegou a metralhadora do Tião e pelo jeito lá fora tem mais policiais...

— Eles também não podem entrar, senão levam chumbo! — retrucou Kriegel com raiva. — Onde está o idiota do Paco?

— Não sei — respondeu Cristóvão, ofegante. — Acho que acertaram ele.

— Doutor Kriegel, o senhor não tem escapatória — volveu Ferretti, escondido atrás da porta pintada. — É melhor se entregar!...

Kriegel apontou na direção de onde vinha a voz e voltou a disparar.

— Venha me pegar, seu insolente!

— Chefe! O senhor só tem um tiro! — lembrou Cristóvão.

— Você está com sua arma aí? — perguntou Kriegel, na expectativa.

— Sim, mas só tenho mais quatro tiros.

— Doutor Kriegel, a munição está acabando e vocês ainda estão cercados! — preveniu Ferretti. — Entreguem-se!

— Ele não está blefando, chefe... — tornou Cristóvão, sem poder controlar-se.

— Quando é que vocês vão parar com esse ti-ti-ti aí dentro? Ferretti, você acha que duas bazucas são suficientes? — Paranhos, irreverente por natureza, deu uma gostosa gargalhada.

Seguiu-se um tiroteio. Os policiais que acompanhavam Paranhos protegeram-se atrás dos carros, prontos para o combate.

— Então, doutor Kriegel, o que o senhor resolve? — tornou a perguntar Ferretti do salão secreto.

— Eu não me entrego! Vivo, não!

Ferretti deu outra rajada para o alto, depois voltou a falar:

— Cristóvão, fale pro seu chefe que a próxima rajada vai ser aí pra dentro da loja! Mesmo no escuro, não vai sobrar ninguém pra contar a história...

— Chefe, nós estamos perdidos! Vamos nos entregar!

— Silêncio, seu imbecil! Não está vendo que ele está tentando apenas nos atemorizar?

— O que que tá acontecendo? — perguntou Tião, recuperando-se da pancada e aproximando-se dos comparsas.

— Você se deixou apanhar, seu idiota! Foi isso que aconteceu! — falou Kriegel, irado.

— Ele me pegou desprevenido, chefe! E o Paco?

— Foi apanhado também — respondeu Cristóvão.

— Como é que é? Você já convenceu seu chefe? Paciência tem limite! — Ferretti pressionava os contrabandistas.

— Eu vou me render — disse Cristóvão aos companheiros. — Alô, vocês aí fora, eu vou jogar a minha arma...

Cristóvão arremessou o revólver, que caiu bem em frente da entrada da loja. Seixas esticou o braço para pegá-lo; súbito, Kriegel fez seu último disparo.

— Que que houve? — perguntou Paranhos, apreensivo.

— O safado atirou! — respondeu Seixas, procurando por algum ferimento no seu corpo.

No entanto Kriegel errara o alvo. Furioso, avançou contra Cristóvão e os dois se engalfinharam.

Aproveitando a situação, Paranhos fez um sinal para que os policiais atrás dos carros ficassem alertas; então foi para a entrada da loja e disse:

— OK, rapazes, parem com essas carícias e saiam com as mãos levantadas.

Alberto Kriegel, Cristóvão Lee e Tião finalmente se renderam, mas Paco não apareceu.

— Algeme esses patifes, Seixas — disse Paranhos, entrando na loja. — Pode sair, Ferretti, eles já se entregaram.

— Duda! Toninho! O pesadelo acabou... — falou Ferretti, passando do salão secreto para a loja. Todavia, após dar dois passos, tropeçou em alguma coisa no chão.

— Me ajude aqui, Paranhos, tem alguém caído...

Paranhos aproximou-se de Ferretti, tateando no escuro, e ajudou-o a carregar o corpo para fora.

Na rua, os faróis dos carros de polícia iluminavam o local.

— É o tal Paco — constatou Ferretti. — Foi atingido de raspão na cabeça.

— Rápido! Levem o homem para o hospital — ordenou Paranhos, fazendo sinal para os PMs.

Os PMs removeram Paco, aparentemente ferido sem gravidade, para o hospital mais próximo.

Alberto Kriegel, Cristóvão Lee e Tião finalmente se renderam, mas Paco não apareceu.

28

MORTE AO VAMPIRO

A uma ordem de Paranhos, as luzes foram novamente acesas.

Elias e os meninos saíram do esconderijo no salão secreto.

Paranhos tratou de livrar os colegas das algemas.

Duda, ao enxergar Kriegel, não titubeou: retirou a enorme cruz de madeira da mochila e começou o ritual de exorcização.

— Que que ele está fazendo? — perguntou Paranhos, sem entender nada.

Ferretti e Elias caíram na risada.

Toninho retirou uma das estacas de sua mochila, porém não sabia se ajudava o amigo ou se ria junto com os policiais.

— Eu vou destruí-lo! — berrou Duda, apontando a cruz para o rosto de Kriegel.

— Pare com isso, guri idiota! — disse Kriegel, perdendo a paciência. — Você está exagerando...

— Mas o que ele está tentando fazer, Ferretti?! — Paranhos procurava entender o que estava se passando.

— Você está assistindo a uma das maneiras de se matar um vampiro.

— Vampiro?! Que vampiro?

— Ora, colega, aquele que anda assassinando jovens pela cidade... — explicou Ferretti.

— Mas ele não é o vampiro do Rio! — afirmou Paranhos, taxativo. — É o doutor Alberto Kriegel, empresário paranaense.

— Você o conhece? — perguntou Ferretti, admirado.

— Não só eu, como a Polícia Federal também.

— Polícia Federal?! — exclamou Elias, no mesmo clima de dúvida que dominava a todos.

— É, foram eles que me encarregaram de investigar o caso aqui na cidade — contou Paranhos.

— O caso do contrabando de pedras preciosas? — volveu Ferretti, confuso.

— Não sei de que contrabando vocês estão falando; o que eu sei é que tinha de ficar de olho nesse homem 24 horas por dia...

— Mas, se você não sabe nada sobre o contrabando, para que você tinha de segui-lo? — insistiu Ferretti, tentando entender.

— Bom, há três meses, a Polícia Federal interceptou uma quadrilha de traficantes paraguaios no Mato Grosso e em poder deles estava uma lista de nomes, entre os quais um tal de Albert Erikleg, e em seguida a sigla CONDEPEPRE...

— E daí? — interrompeu Ferretti, meio ansioso.

— E daí que nós começamos a analisar o código e chegamos à conclusão de que ERIKLEG era, na verdade, um anagrama de KRIEGEL, e o primeiro nome correto era Alberto; portanto, Alberto Kriegel. Vasculhamos a vida do empresário de cabo a rabo e não conseguimos descobrir nada que pudesse incriminá-lo de alguma forma. Sabíamos que a chave para decifrar esse código estava na sigla...

— E o que quer dizer a sigla? — perguntou Ferretti, cheio de curiosidade.

— Bem, você acabou de me dar a resposta.

— Como assim? — Ferretti não entendeu.

— Você falou em contrabando de pedras preciosas. Agora destaque a primeira sílaba de cada palavra e vamos ter CON-DE-PE-PRE, ou seja, CONtrabando DE PEdras PREciosas...

— Uau! Fantástico, delegado Paranhos! — gritou Duda, entusiasmado.

— Realmente. Meus parabéns, Paranhos. Então você já sabe das viagens Rio-Curitiba que o nosso amigo costuma fazer regularmente? — indagou Ferretti.

— Como vocês sabem disso? — admirou-se Paranhos.

— Ele mesmo nos contou. Queria satisfazer nossa curiosidade antes de nos eliminar — retrucou Ferretti, irônico. — Vocês chegaram bem na hora...

— Que mais vocês descobriram? — perguntou Paranhos.

— Bom, se você estava procurando provas para incriminá-lo, não precisa procurar mais... — disse Ferretti, para aguçar sua curiosidade.

— Como assim? — dessa vez, Paranhos é que estava confuso.

— Por aqui, delegado Paranhos. Vamos mostrar ao senhor o que achamos... — falou Toninho, fazendo um gesto em direção à loja.

— Seixas, tome conta desses dois malandros aí. O doutor Kriegel vai fazer as honras da casa... — ordenou Paranhos, seguindo os outros.

Chegando lá, Duda abriu um dos caixões novamente e mostrou as estatuetas ao delegado.

— Quebre uma delas — sugeriu Ferretti.

Paranhos sacou o revólver e deu uma pancada na estatueta com o cabo da arma.

— Meu pai do céu! — exclamou Paranhos, deslumbrado. — São mesmo pedras preciosas!

— A maioria desses caixões está cheio de estatuetas — explicou Ferretti. Eles embarcaram os caixões no avião particular do doutor Kriegel e assim eles seguem para Curitiba. De lá, viajam em outra caminhonete até a cidade de Porto Camargo, onde existe uma subsidiária desta loja. Os caixões são vendidos na região e as estatuetas atravessam a fronteira do Paraguai.

— Bom trabalho, pessoal! — exclamou Paranhos, exultante. — Vocês conseguiram as provas que a Polícia Federal queria para incriminar este homem. Isso explica as suas idas e vindas durante a madrugada. E explica também a razão daquela caminhonete que está parada lá fora aparecer no aeroporto sempre que ele chegava ou saía... Nós investigamos esta loja e já sabíamos a respeito da subsidiária no interior do Paraná; no entanto os negócios da funerária eram absolutamente legais e nós não conseguíamos compreender a ligação existente entre a funerária e o doutor Kriegel, embora eu estivesse doido para dar uma espiada naquele jatinho...

— E por que não deu? — volveu Ferretti, interessado.

— Com que desculpa? Sem termos provas concretas, a Justiça se negou a nos dar um mandado de busca, e, se fôssemos fazer isso na marra, o feitiço poderia virar-se contra o feiticeiro... Que bela operação, hem, doutor Kriegel! O que o senhor me diz?

— Que as coisas iriam continuar funcionando perfeitamente sob os olhos da polícia, se esses guris metidos não descobrissem tudo por acaso — acrescentou Kriegel, rancoroso.

— Ora, doutor Kriegel, por acaso também foi descoberta a Lei da Gravidade... — replicou Paranhos, na sua costumeira irreverência.

— Bem, eu acho que o caso está encerrado — concluiu Elias.

— Ainda não — tornou Duda de repente, dirigindo-se ao imenso caixão negro, que permanecera fechado todo o tempo. — Vamos ver se esse tal de Kriegel não é mesmo o vampiro...

Quando Duda abriu a tampa do caixão, gargalhadas sinistras ressoaram no salão secreto, vindas do lado de fora.

Ferretti e Elias pularam cada um para um lado, sacando as armas.

— O vampiro!!! — gritou Toninho, e saiu correndo pelo salão.

Duda ergueu a cruz para defender-se, porém não havia ninguém no caixão.

Paranhos, abobalhado, sem entender o que se passava, não percebeu que Kriegel, aproveitando a confusão, escapulira.

Ferretti e Elias esconderam-se atrás dos caixões para evitar um suposto contra-ataque do contrabandista.

Duda, tremendo, sem largar a cruz, berrou:

— O vampiro sumiu!

Logo depois, ouviu-se um tiro. Todos correram para a rua. Alberto Kriegel jazia no chão. Seixas, abaixado ao seu lado, examinava a ferida no ombro do empresário.

Paranhos, Ferretti, Elias, Duda e Toninho aproximaram-se, fazendo um círculo em volta do homem.

— Eu gritei para ele parar, mas ele não obedeceu; eu tive de atirar — Seixas procurava explicar sua ação.

— Ele está sangrando! — exclamou Duda, surpreso.

— É claro que está sangrando! — retrucou Paranhos, perplexo. — O que você queria? Ele levou um tiro!

— Não é isso. É que vampiros não sangram... — declarou Duda.

— O que prova que ele não é nenhum vampiro, seu esperto! — rebateu Toninho, um tanto irritado. — Você é que inventou essa história...

— E você me ajudou o tempo todo a acreditar nela! Ou fui eu quem viu o vampiro primeiro, moleque?

— Eu fui influenciado por você e embarquei nessa canoa furada! — acusou Toninho.

— Ah, é? Você nunca se deixa influenciar pelas minhas ideias! — ironizou Duda.

— Calma, rapazes! Agora não adianta brigar — Paranhos tentava parar a discussão.

— Delegado, esse moleque me garantiu que tinha visto o vampiro e uma das vítimas e, por causa disso, nós quase entramos pelo cano...

Duda tentava jogar toda a culpa sobre Toninho, que, por sua vez, tentava culpar o amigo.

— Acontece, delegado, que ele se julga o melhor detetive do mundo e aí obriga a gente a participar das confusões dele...

— OK, OK, não vamos mais brigar. Apenas cuidem pra que isso não volte a acontecer. Da próxima vez podemos chegar atrasados — aconselhou Paranhos. E virando-se para Seixas: — Leve o cidadão pro hospital...

Seixas, com a ajuda de outro policial, rebocou o homem ferido para a radiopatrulha.

— Não se esqueçam de voltar aqui pra me pegar! — alertou Paranhos.

— Bem, garotada, acho que por hoje chega, né? — disse Ferretti em tom paternal. — A essa hora a mãe de vocês deve estar maluca de preocupação... Bom, Paranhos, eu vou levar os meninos em casa; amanhã nos encontramos na delegacia. Teremos um dia cheio!

— OK, Ferretti, espero você lá amanhã sem falta.

— Conte comigo.

Todos se despediram. Duda e Toninho entraram no carro da polícia e partiram.

29

TONINHO, O GÊNIO

Durante a viagem de retorno, Duda inquiriu Toninho:

— Que que foi, moleque? Tá muito calado.

— Que que eu vou dizer depois dessa? — replicou Toninho, indiferente à conversa do amigo.

— Eu falei pra você desde o início que aquele sujeito, o tal de Cristóvão Lee, era suspeito... — disse Duda, querendo puxar conversa.

— É! Você sabia o tempo todo que ele era bandido! — devolveu Toninho, zombeteiro.

— Não, não sabia, mas tinha certeza que ele não era flor que se cheirasse. E, além do mais, isso só veio comprovar uma outra coisa...

— O quê? — indagou Toninho, olhando de soslaio para Duda.

— Que tenho mesmo faro de detetive. Só falta eu ganhar experiência pra ser um bom policial...

— Tá legal — retrucou Toninho, desconversando.

— Toninho — retomou Duda após um minuto de silêncio. — Você se lembra daquelas gargalhadas sinistras que nós ouvimos na hora em que eu abri o caixão do vampiro?

— Ô Duda, aquilo deve ter sido mais um truque dos contrabandistas. Você viu que o Kriegel aproveitou a confusão para fugir... — retrucou o amigo.

— Mas, Toninho, aquelas gargalhadas eram reais demais!

— Não começa com essa história de novo. Vampiros não existem, existem? — falou Toninho, na dúvida.

— Eu não sei — admitiu Duda.

— Eu também não sei, e tenho raiva de quem sabe.

Mas Duda não conseguia ficar quieto:

— Outra coisa que está me encucando é como o delegado Paranhos soube direitinho onde nos encontrar...

— Muito simples, meu caro — volveu Toninho, imitando o jeito de Duda. — Você não ficou o recreio todo bolando uma maneira de a gente entrar naquela loja? Então. Quando a aula recomeçou, enquanto você fazia os deveres, eu fiquei bolando um jeito de sair. Você me contou que tinha avisado a sua mãe que nós íamos ficar jogando bola depois da aula. Aí eu pensei: a Maria é muito amiga da mamãe e, como você tinha me dado o endereço do lugar aonde a gente ia, eu tive a ideia de deixar o endereço com ela... Quando nós saímos da aula, eu passei lá na cozinha, lembra?, e disse pra Maria telefonar pra sua mãe e pedir pra ela ir buscar a gente naquele endereço, se eu não ligasse pra Maria até as oito e meia da noite. E foi o que aconteceu...

Duda, ainda intrigado, voltou à carga:

— Tá, mas como foi que você adivinhou que tudo ia dar errado?

— Eu não adivinhei nada! Só que eu tô cansado de saber que quando você inventa uma história nunca tem o trabalho de imaginar também como ela pode acabar, e o que eu fiz foi garantir que a gente se safasse de mais essa. Muito simples, meu caro Duda...

Duda ficou emburrado o resto da viagem por causa desse último chiste de Toninho e, principalmente, por ver que o amigo era tão astuto quanto ele.

Toninho e os policiais, ao contrário, divertiram-se muito com o incidente, gozando de Duda.

A radiopatrulha seguiu o caminho de volta para a casa dos dois pequenos detetives; porém, perto da funerária, no alto da torre de uma fábrica abandonada, um estranho vulto observava a partida do carro da polícia.

Novas gargalhadas sinistras quebraram o silêncio daquela longa noite que se anunciava...

FIM

Perto da funerária, no alto da torre de uma fábrica abandonada, um estranho vulto observava...